CHIODO SCACCIA CHIODO

LA STORIA D'AMORE DI UN PADRE SINGLE

JESSA JAMES

Chiodo scaccia Chiodo
Copyright © 2020 di Jessa James

Tutti i diritti riservati. Nessuna parte di questo libro può essere riprodotta o trasmessa in alcuna forma con nessun mezzo elettronico, digitale o meccanico, incluse, ma non solo, attività quali fotocopie, registrazioni, scanner o qualsiasi altro tipo di raccolta di dati e sistema di reperimento di informazioni senza il permesso esplicito e scritto dell'autore.
Pubblicato da Jessa James,
James, Jessa

Chiodo scaccia Chiodo

KSA Publishing Consultants, Inc.

Cover design copyright 2020 by Jessa James, Author
Images/Photo Credit: Cosmic Letterz

Nota dell'editore:
Questo libro è stato scritto per un pubblico adulto. Questo libro potrebbe contenere scene sessuali esplicite. Le attività sessuali incluse nel libro sono pure fantasie per adulti e ogni attività o rischio corso dai personaggi della finzione nella storia non è né approvato né incoraggiato dall'autore o dall'editore.

1

Derek

"Karen, stai scherzando?"
"Pensavo ti avrebbe fatto piacere. Perché ora ti comporti come se fosse una cosa negativa?"
"Perché non mi hai dato nessun preavviso!"
"Va bene. Se non vuoi badare a tua figlia, allora lo chiederò a mia madre."

Mi massaggiai le tempie e trovai un'area di sosta dove accostare. Parlare con la mia ex mentre ero alla guida era la ricetta perfetta per il disastro. Anzi, con ogni probabilità mi sarebbe venuta la voglia di andarmi a schiantare da qualche parte... tutto, pur di non sentire più la sua voce.

"Karen, sei ingiusta. Lo sai che non vedo l'ora che Kadee venga qui. Sono passati anni dall'ultima volta che l'ho vista, e non perché io non ci abbia provato. Volevo portarla alla baita, ma tu no, ti sei dovuta impuntare. Volevo che passasse un po' di tempo con i miei genitori. Ora invece vuoi che molli tutto così tu puoi andare a farti una bella luna di miele, di cui, tra parentesi, non hai avuto nemmeno la decenza di parlarmi?"

"Derek, sono stata veramente occupata. Volevo dirtelo, sul serio. Lo sai quanto sia difficile, quanto tempo ci voglia per organizzare un matrimonio. Dio, non mi hai nemmeno fatto gli auguri."

"Felicitazioni," dissi a denti stretti.

"Quindi? La puoi tenere o no? Posso farla salire su un aereo domani stesso."

"Cosa? Aspetta. Da sola? Vuoi far volare la mia bambina tutta da sola?"

"Beh, sì. Ma che vuoi che succeda! Ci penseranno le hostess a prendersi cura di lei. Tu non devi far altro che incontrarla al gate. Inoltre, pensi che Brian o io abbiamo tempo di attraversare il paese e di ritornare in tempo per prendere i nostri, di voli?"

Riuscii a sentire i muscoli del mio corpo che si contraevano, farsi più rigidi a ogni parola che lei pronunciava. Disattivai il microfono dell'auto ed emisi un profondo sospiro frustrato. Ero ben oltre il punto di ebollizione – ma era sempre così, con Karen.

"Derek, ci sei?"

Allargai le narici e feci diversi respiri profondi prima di riaccendere il microfono. "Sì, ci sono."

"Quindi? Mi serve una risposta, e mi serve ora. Sennò devo organizzarmi diversamente."

Pensare alla mia bambina che passava dell'altro tempo con la madre di Karen – che riusciva a malapena a badare a sé stessa – o, cosa ben peggiore, lasciare che se ne occupassero di nuovo i genitori di Brian, era qualcosa che non potevo permettere.

"Ho già detto di sì, Karen."

"No, non è vero."

"Sì, invece. Sei tu che non mi stai a sentire."

"Beh, forse non avessi cominciato ad urlarmi contro e a dirmi che sono un pessima madre –"

Avrei voluto dirle che era esattamente così, ma sapevo che, se lo avessi fatto, la possibilità di vedere Kadee sarebbe andata a farsi benedire. Karen adorava usare nostra figlia per punirmi.

Invece, riuscii a controllarmi e a dire con calma: "Mandami un messaggio con tutti i dettagli del volo. Mi faccio trovare al gate."

"È domani..."

"Domani? Cristo, Karen," gridai. "Va bene, ci penso io."

Stavo per chiederle se potevo parlare con Kadee, così da dirle che ci saremmo visti domani, ma Karen mi ringraziò bruscamente e riagganciò.

"Stronza!" urlai.

Feci un respiro profondo. Kadee sarebbe arrivata qui domani. Non importava per quale ragione di merda, ma domani avrei avuto mia figlia qui con me. Non mi capitava spesso di poterla tenere per così a lungo, quindi era un'opportunità che non potevo lasciarmi sfuggire. Sarebbero state due settimane fantastiche, sebbene avessi ormai solo il resto della giornata per prepararmi. Dovevo sbrigarmi.

Feci inversione di marcia e mi diressi di nuovo in città. Inchiodai vedendo un SUV che mi tagliava la strada.

"Dannazione, Karen! Rovini sempre tutto!"

2

Georgie

Per una volta tanto in vita mia, i miei sogni si stavano avverando. Dopo un'infinità di ore passate a vendere i miei progetti di web design – che mi avevano permesso di accumulare un inaspettato quanto agrodolce gruzzoletto – ero riuscita a mettere da parte abbastanza soldi per comprare la mia prima vera casa. Avevo fatto così tanti sacrifici, così tante rinunce. Quante volte avevo dovuto posare quel barattolo extra di gelato, o rinunciare a uscire la sera – ed erano anni che non andavo in vacanza. Meno male che, crescendo, avevo avuto la fortuna di vedere la maggior parte del mondo, e quindi non mi sembrava di essermi persa chissà cosa.

Ma ne era valsa la pena.

La vecchia casa in stile vittoriano che avevo di fronte era sì modesta e un tantinello malandata – ma era mia! Mi appoggiai all'altrettanto malandato furgone e mi misi ad osservare la struttura. Impaziente, avevo lasciato la città e il divano della mia amica e avevo guidato senza sosta fino a qui, fermandomi solo per fare la spesa nella mia nuova città: Hollow Point. Avevo bisogno di cominciare a sistemarmi fin da subito.

C'erano così tante cose da fare... Non avevo nemmeno un letto, e per un po' sarebbe stata dura. Ma non mi importava: ancora non riuscivo a credere che questa casa fosse tutta mia. E già mi vedevo, la sera, seduta sul portico, con una tazza di tè in una mano e un buon libro nell'altra.

Ecco, sì: era così che doveva essere la mia vita.

Dietro di me, sull'altro lato della strada, un furgone blu imboccò il vialetto. Casa mia, rispetto a quella che apparteneva al proprietario del furgone, sembrava una catapecchia. Ma ben presto l'avrei tirata a lucido, così da non farla più sfigurare in mezzo alle altre belle case di questo grazioso cul-de-sac.

Sorrisi e salutai il mio nuovo vicino mentre scendeva dal furgone. Era grosso e indossava una camicia di plaid rossa e nera che gli stava piuttosto attillata. I suoi jeans consunti lasciavano ben poco all'immaginazione. Era almeno di due taglie troppo piccoli – non che avessi intenzione di lamentarmi di quelle due chiappe d'oro. Forse il mio futuro amico non aveva molta fortuna con il bucato.

"Salve!" dissi rivolgendogli un ampio sorriso, e lui si girò verso di me. Era bello come un modello, il tipo di uomo che si trova solo nei calendari per beneficenza pieni zeppi di pompieri o soldati mezzi nudi. Il mio vicino aveva dei capelli castani tagliati corti e degli occhi meditabondi. Tirò fuori un borsone dal retro del furgone. Me lo immaginai come il robusto tuttofare di suddetto calendario.

Mi guardò imbronciato. Forse non mi aveva sentito bene? E io, come una scema, continuai a fargli ciao con la mano e gli dissi di nuovo "Salve". Questa volta non c'era spazio per nessun fraintendimento.

Stavo per andargli incontro e presentarmi quando lui borbottò qualcosa – sono abbastanza sicura che non fosse niente di carino – sbatté con forza la portiera del furgone ed entrò in casa.

Nemmeno un ciao?

Smisi di agitare la mano, il braccio fermo a mezz'aria, e lo guardai mentre se ne andava. Nel giro di un paio di falcate si ritrovò sul portico, aprì la porta di casa, se la chiuse dietro con forza, e sparì. Non esattamente un comportamento cordiale. *Che stronzo!*

Mi aveva vista, no? Non è che uno può fare a meno di vedere una persona in piedi nel bel mezzo della strada mentre ti fa ciao con la mano, giusto? Mi venne quasi voglia di andare a bussare alla sua porta, giusto per essere sicura di non esser invisibile tutto d'un colpo. Ma non lo feci. Non c'era motivo di prendersela. Voglio dire, a tutti capita una giornata storta, di tanto in tanto. Sì, probabilmente era così. Dovevo concedergli il beneficio del dubbio, anche se si era comportato da stronzo di prima categoria. Misi da parte il pensiero del mio bel vicino lunatico e mi misi di nuovo a studiare la mia preziosissima proprietà.

Avevo un piano ben preciso, e non avrei permesso a nessuno di intromettersi. Prima avessi iniziato, prima mi sarei potuta godere il mio giardino scintillante pieno di boccioli accoglienti da ammirare seduta sul dondolo che desideravo praticamente da sempre.

Scaricai i primi scatoloni, scelsi la chiave giusta dal mazzo che mi aveva dato l'agente immobiliare e feci un respiro profondo. Notai che il vialetto di ingresso aveva bisogno di una bella ripulita, e che la ringhiera del portico si stava scrostando. Ma erano tutte cose superficiali. Facili da sistemare.

Il mio sorriso fu presto sostituito da un urlo quando il mio piede sinistro scomparve infilandosi nel secondo gradino del portico in legno. Forse avevo sviluppato dei superpoteri.

Lo scatolone mi cadde di mano e le chiavi mi volarono via dalle mani. Preparata all'inevitabile capitombolo, mi schiantai al suolo. Le mani mi si riempirono di schegge di legno. Il dolore mi fece sibilare come una gatta.

Un peculiare odore terroso di marcio mi azzannò le narici mentre la polvere soffocante mi aleggiava attorno alla testa. Tossii. Rimasi quasi senza fiato, e con la gamba intrappolata in mezzo alle assi fino all'altezza del ginocchio.

Merda. Non era così che pensavo sarebbe cominciata la mia nuova vita.

―――――

MI CI VOLLE un sacco di tempo prima di riuscire a liberarmi. Ogni volta che mi muovevo o spostavo il peso, il minaccioso scricchiolio del legname sotto di me mi terrorizzava. Sapevo che, se non stavo attenta, avrei finito solo col peggiorare la situazione. Sarei sprofondata sotto il portico, perduta per sempre nell'abisso. "Sarebbero mai riusciti a trovare il mio cadavere?", pensai. Era come se la casa avesse preso vita e stesse provando a divorarmi in un sol boccone.

Non sapevo se chiamare aiuto o no. Il mio vicino avrebbe avuto pietà di me e sarebbe corso in mio aiuto, no? Ma poi ripensai all'occhiataccia che mi aveva lanciato. No. Non avevo bisogno del *suo* aiuto.

Alla fine riuscii a liberarmi, mi tolsi qualche scheggia dalle mani e mi misi a cercare le chiavi. Non sapevo dove fossero andate a finire. Guardai le alte erbacce selvagge che ricoprivano il giardino. Erano finite là in mezzo, ne ero certa. Ma chissà dove.

Gemendo, scesi dal portico, cercando di camminare lungo il bordo – non sapevo fino a che punto le assi fossero marce – e diedi il via a questa caccia al tesoro improvvisata.

Il sole stava calando su Chestnut Grove, e i lampioni non facevano granché per illuminare le oscure profondità dell'erba alta. Cercai le chiavi dappertutto, avanti e indietro, e dopo quella che era sembrata un'eternità, ancora non le avevo trovate. Per fortuna che l'aria era calda e non correvo il pericolo di morire assiderata. Accesi la torcia del cellulare e continuai la mia ricerca, sempre facendo attenzione a non calpestare qualche piccolo regalino lasciato da chissà quale bestiola.

"Strappiamo le erbacce a tarda notte?"

La voce proveniente dal marciapiede mi fece girare, sorpresa. Vidi la familiare camicia rossa e nera che avevo visto prima, e il mio vicino che se ne stava in piedi sotto la flebile luce giallastra di un lampione.

"Non esattamente," risposi in modo scontroso per ripagarlo del modo in cui mi aveva ignorata solo qualche minuto prima, e subito tornai a dedicarmi alla mia ricerca. Non volevo far altro che trovare le mie chiavi, entrare in casa, svuotare qualche scatolone, farmi una doccia per togliermi il lerciume di dosso e andarmene a letto. Domani avrei ricominciato daccapo, sarebbe stata una nuova giornata. I contrattempi di oggi non erano altro che un po' di sfortuna. Niente di cui preoccuparsi.

"Qualunque cosa tu stia cercando, non la troverai con quella torcia. Sembra la coda sfarfallante di una lucciola."

"Beh, sì, va bene, questa c'ho," risposi. Drizzai la schiena e mi massaggiai la zona lombare che cominciava a farmi un male cane. Irritata, mi girai verso lo *Stronzo*. "Posso esserti di aiuto?"

"No, se l'atteggiamento è questo," disse. Lo Stronzo fece spallucce e si girò, probabilmente per tornare nella sua piccola, integra casa completamente priva di marciume.

Poi vidi che aveva qualcosa in mano. Un lungo cilindro di colore nero.

"Aspetta." Lo raggiunsi prima che potesse attraversare la strada. Indicai l'oggetto che stringeva in mano. "è una torcia quella?"

"Dipende," rispose lo Stronzo.

Mi accigliai. Ma che razza di risposta era?

"O lo è, o non lo è!"

"Adesso di certo non lo è."

Senza agire in modo razionale – quell'uomo era il doppio di me, e non lo conoscevo – allungai il braccio cercando di afferrare la torcia che stringeva in mano.

"Ehi, piano."

Quel bastardo si mise a sorridere e, come un bambino che non vuole rinunciare al proprio giocattolo, si scostò per non farmela prendere. Sollevò il braccio verso l'alto, puntando la torcia verso il cielo.

D'istinto, saltai per raggiungerla. Non ci andai neanche vicina.

"Dammela, mi serve. Prima mi aiuti, prima puoi tornartene a casa a fare il musone."

Si mise a ridere e per poco non gli diedi un calcio sugli stinchi.

"Andiamo! Lo sai che mi serve aiuto, mi hai vista e sei uscito per darmi una mano, no? Per fare il bravo vicino e tutto il resto."

Fece spallucce.

"Okay, vuoi che ti preghi? Ti prego, posso per favore

prendere in prestito la tua torcia? Non trovo le mie chiavi, e vorrei tanto entrare in casa e andarmene a dormire... non è stata esattamente una bella giornata, sai?"

Lentamente, abbassò il braccio, e la gravità mi venne in aiuto.

A giudicare dall'espressione che aveva in faccia, era chiaro che non volesse aiutarmi. I suoi occhi testardi guardarono prima me, e poi la casa alle mie spalle. Mentre era distratto, colsi la palla al balzo, saltai di nuovo, gli strappai la torcia dalle mani e corsi via.

"Ehi!"

Non avevo idea di cosa mi fosse passato per la mente, un comportamento da vera immatura. Gli sarebbe stato facile acciuffarmi e riprendersi la torcia. Ma, ciononostante, la accesi e, correndo verso l'erba alta, per un istante rimasi stordita dal fascio di luce accecante.

Grazie all'aiuto di questa torcia che sembrava sprigionare la stessa potenza del sole, riuscii a trovare le chiavi nel giro di un secondo. "Sì!" esclamai. Mi girai e scorsi il viso per niente compiaciuto del mio vicino.

Sorrisi, provando a sdrammatizzare. "Grazie, le ho trovate. Adesso puoi riprenderti la torcia."

"Oh, veramente? Cavoli, grazie mille."

"Non c'è bisogno di essere scortese. Ti ho detto grazie!"

"Sì, dopo che mi hai rubato la torcia!"

"Ma se eri uscito apposta per darmela!"

"Secondo chi?"

"Oh, vabbè, fa' come ti pare. To'. Sei il peggior vicino di tutti i tempi!" Feci un passo verso di lui per schiaffargli in mano quella dannata torcia, anche se avrei preferito tirargliela in faccia. Ma avevo spento la torcia e non stavo guardando dove mettevo i piedi. Mi ritrovai improvvisamente accecata dall'oscurità, dall'assenza di luce, e non vidi la pietra che era sul mio cammino.

"Merda," dissi inciampando. La torcia mi sfuggì dalle mani. Per un secondo, tutto attorno a me sembrò muoversi al rallentatore, e il tempo giunse quasi a fermarsi, smise di scorrere. Tutto si immobilizzò, tutto tranne la torcia. Quella continuò a muoversi, roteando in aria, con lentezza, ma ineluttabilmente diretta verso il suolo.

Provai ad afferrarla – ci provò anche lui. Ma non ci riuscimmo. Il tempo riprese a scorrere e sbattemmo l'uno contro l'altro, e per la seconda volta nel giro di poche ore mi ritrovai a cadere in avanti come un sacco di patate. Questa volta, tuttavia, atterrai tra le braccia di un attraente quanto scontroso sconosciuto.

Per circa un secondo feci l'errore di guardarlo per bene, e sentii il sangue che mi affluiva alla testa.

Restai immobile e posai gli occhi sul suo viso. Non si erano ancora adattati all'oscurità. Però riuscii lo stesso a vedere i suoi occhi, dei profondi pozzi di cioccolato in grado di sciogliere il cuore di qualunque persona sulla faccia della Terra. Certo, era l'uomo più fastidioso che avessi incontrato in vita mia, ma il mio corpo reagì costringendomi a leccarmi le labbra e ad arrossire come un'adolescente al suo primo appuntamento.

La torcia piombò al suolo, e il vetrino si ruppe. Pregai quell'aggeggio fosse abbastanza resistente da resistere alla caduta, altrimenti mister broncio qui me ne avrebbe dette di tutti i colori.

Mi divincolai dal suo abbraccio e, mentre mi davo una ripulita, cercai di interpretare la sua reazione. Se avesse potuto emettere fischianti getti di vapore dalle orecchie, lo avrebbe fatto. E se continuava a digrignare i denti con tutta quella forza, correva il serio rischio di romperseli.

"Oh cacchio, mi dispiace... sono inciampata, mi è scivolata."

Raccolse la torcia, premette il pulsante diverse volte e se la sbatté sul palmo della mano prima di rendersi conto che non si sarebbe riaccesa.

"Beh, ottimo lavoro. Non potevi ridarmela e basta, eh? Dovevi romperla," disse ringhiando.

"Cosa? Senti, mi dispiace. Non volevo..."

"No, basta. Non ti voglio più sentire."

"Te ne compro una nuova, calmati."

"Sta' zitta va bene?!?"

Sorpresa, ricambiai l'occhiataccia che mi lanciò. "Sentì, come ti chiami, ma chi diavolo ti pensi di essere? Ti ho detto che mi dispiace, e se non puoi accettare le mie scuse, allora ci avevo visto giusto, la prima impressione era corretta..."

"Sì, sì. Certo che quella boccaccia non la chiudi mai, eh?"

"Ah! Ma certo che sei uno stronzo con la S maiuscola!" dissi. Non potevo vincere con questo tizio. Era la persona più fastidiosa che avessi mai conosciuto in vita mia, il che non era poco, considerando che avevo passato anni circondata da omaccioni arroganti a cui interessava solo dimostrare di essere migliori degli altri. Più continuavo ad averlo davanti, più mi veniva voglia di dargli un pugno. C'era qualcosa che non andava in me. Perché tutti gli uomini da cui mi ero attratta o erano degli stronzi, o erano già impegnati?

Optai per la non violenza e mi diressi verso la casa ignorandolo mentre continuava a ripetermi che dovevo comprargli una torcia nuova.

"Sì, ho ben altre cose a cui pensare per perdere tempo con una stupida torcia da cinque dollari!" gli gridai.

Con estrema cautela, salii le scale del portico e, finalmente, per la prima volta, entrai nella mia nuova casa.

3

Derek

Controllai di nuovo l'ora. Il volo di Kadee era atterrato e io ero di fronte al gate che l'aspettavo. La mia dolce Kadee, mia figlia che non vedevo da troppo, troppo tempo. L'ultima volta che l'avevo vista stava ancora imparando a formulare delle frasi di senso compiuto – ma ora era tutto un altro paio di maniche. Durante le brevi conversazioni al telefono o su Skype che Karen ci concedeva, la mia Kadee si era dimostrata una bambina in piena regola, piena di domande, curiosità e meraviglia.

Non importava per quale motivo fosse venuta a trovarmi questa volta: dovevo sfruttare al meglio il poco tempo che avevo a mia disposizione. Volevo conoscerla, e magari forgiare con lei un legame solido, che sarebbe durato nel tempo. Speravo solo che, quando fosse giunto il momento di rispedirla da sua madre, non mi sarei ritrovato con il cuore a pezzi.

Ero arrivato all'aeroporto con largo anticipo, abbastanza per bermi il caffè che non ero riuscito a bere questa mattina. Inoltre, in questo modo, avevo avuto la possibilità di rovistare tra i soffici giocattoli che avevo intravisto in uno dei tanti negozi di souvenir. Un orsacchiotto sarebbe andato bene, certo, ma la verità era che ormai non sapevo più cosa le piacesse. Continuava a stringersi al petto la sua copertina preferita? Le piacevano gli orsacchiotti di peluche? C'erano così tante cose che non sapevo della figlia che tanto crudelmente mi era stata portata via.

"Kadee," dissi non appena la vidi, brandendo l'orsacchiotto a mezz'aria.

Vedere questa ragazzina desolata, al fianco di una hostess, che si faceva largo in mezzo agli indaffarati viaggiatori che svettavano su di lei, fece sì che la rabbia che provavo nei confronti di Karen raggiungesse il picco.

Portava in spalla uno zaino chiaramente troppo grande per la sua taglia, pieno zeppo di roba, e tanto pesante che mi sorpresi che la mia bambina riuscisse a tenersi in equilibrio. "Karen, ma come diavolo puoi fare una cosa del genere?", pensai. Ma ora non era il momento di arrabbiarsi: ora ero qui per mia figlia, e non avevo nessuna intenzione di riversare la mia rabbia su di lei.

Kadee si guardò intorno per cercarmi. Le feci ciao con la mano e la chiamai per nome. Un sorriso comparve sul suo viso angelico.

"Ehi, piccola." Mi inginocchiai e la accolsi in un abbraccio.

"Ciao." La sua risposta sembrava triste, e il suo abbraccio sembrò più una stanca resa. Dev'essere esausta, pensai, e mi venne la voglia di stringerla a me e portarla in un luogo sicuro – ma prima dovevo parlare con l'hostess che si era presa cura di lei durante il volo. Le diedi un documento di identità e sbrigammo le pratiche in un attimo. Ora Kadee era tutta mia, almeno per un paio di settimane.

"Andiamo a casa, eh? C'è una stanza pronta tutta per te. Lo zaino te lo porto io, che dici?" Lei annuì e se lo sfilò. Presi lo zaino, mi alzai e me lo misi in spalla, pronto ad accompagnarla verso la macchina.

"Quello è per me o è tuo?" mi chiese Kadee indicando l'orsacchiotto di peluche che avevo in mano.

"Oh, sì," le dissi. Me ne ero completamente dimenticato. "Ma non ancora ha un nome. Come pensi che dovremmo chiamarlo?"

Kadee fece spallucce. Prese l'orsacchiotto tra le mani e se lo strinse al petto.

"Che ne dici di Herbert?"

Kadee arricciò il naso.

"Beh, fate conoscenza, e poi gli dai un nome."

Una volta raggiunto il furgone, misi il suo zaino sul sedile posteriore. Lei salì davanti e si allacciò la cintura senza dire una parola. Rispose a tutte le mie domande riguardo il suo viaggio con una scrollata di spalle o con dei "sì" per niente entusiasti. Se ne stava lì seduta a ispezionare il suo nuovo peluche.

Mi sentivo a dir poco costernato dopo quel viaggio in macchina silenzioso e imbarazzante. Forse Kadee si sarebbe rilassata, una volta a casa. Parcheggiai nel vialetto e scorsi la mia insopportabile e fastidiosamente attraente vicina. Stava lottando con un enorme scatolone sul suo malconcio furgoncino decisamente sovraccarico. Anche Kadee la notò.

"Chi è?" chiese in tono animato.

"La nuova vicina, non ti preoccupare."

"Dovremmo aiutarla. Quella scatola è grande."

"Sono abbastanza sicuro che non vuole il nostro aiuto,

tesoro. Andiamo dentro." Scesi dalla macchina e recuperai le cose di Kadee dal sedile posteriore.

Lo scontro che avevo avuto con la mia vicina la sera precedente mi aveva fatto capire che era meglio non averci a che fare. Ma poi vidi Kadee che attraversava la strada per andarle incontro.

"Kadee, dove vai? Non darle fastidio," le dissi cercando di non farmi sentire dalla mia vicina, ma Kadee mi ignorò e continuò a camminare.

"Dannazione," mormorai tra me e me. Chiusi la portiera del furgone e le andai dietro.

Avvicinandomi, sentii Kadee che stava dicendo qualcosa alla mia vicina con voce allegra e sicura di sé.

"Ciao. Mi chiamo Kadee, benvenuta. Hai bisogno di aiuto? Mio papà sa sollevare le scatole. È forte. Secondo te è forte?"

"Ciao a te, e grazie," rispose la mia vicina, evidentemente sorpresa dall'improvvisa apparizione di una bambina di cinque anni.

Sembra stanca, con ogni probabilità il risultato di una movimentata prima notte nella nuova casa. Oggi indossava dei vestiti comodi e informali, dei jeans e una felpa con le maniche lunghe, pronta per una giornata di lavoro, per trasportare scatoloni e dare una sistemata alla casa che avrebbe dovuto essere mia. Quando si piegò in avanti per posare lo scatolone sul marciapiede, non potei non notare le sue gambe formose avvolte dai jeans attillati, ma provai a distogliere lo sguardo. Volevo solo recuperare mia figlia ed entrare in casa.

"Kadee, non attraversare la strada così. È la fine della strada, ma è pur sempre pericoloso. Okay? E poi tua mamma ti avrà detto che non si parla con gli sconosciuti, no?" la rimproverai con voce ferma. Riuscivo già a vederla che cominciava a mettere il muso.

"Io mi chiamo Georgie. Piacere di conoscerti, Kadee. Ecco, adesso non sono più una sconosciuta," rispose la mia vicina lanciandomi un'occhiataccia. Prima di risponderle e minare la mia autorità paterna, Georgie aveva fatto del suo meglio per evitare di guardarmi. Digrignai i denti e mi costrinsi a sorridere. "Sei così ben educata, Kadee... al contrario di qualcuno di mia conoscenza," aggiunse Georgie.

"Papà, la aiutiamo?" mi chiese Kadee rivolgendomi un'innocente occhiata supplichevole.

"Come ho detto, non dovremmo dare fastidio alle signorine *gentili*," risposi io infarcendo di sarcasmo quel *gentili*.

"Ma possiamo aiutare." Kadee era irremovibile. "Beh, io la aiuto. Cosa posso portare, Georgie?"

Sospirai. A quanto pareva, non c'era modo per districarmi da questa situazione senza far arrabbiare Kadee. Aveva preso in mano la situazione e mi aveva parlato più di fronte a Georgie di quanto non avesse fatto mentre tornavamo a casa. Era già qualcosa. Guardai la mia vicina accennando una scrollata di spalle. Certo, aveva degli occhi veramente graziosi, specie quando venivano illuminati dalla luce del sole, ma non mi sarei lasciato distrarre: se lo facevo, lo facevo per Kadee.

"Okay, sbrighiamoci," dissi. Kadee squittì di gioia e corse verso il portico.

"Sta' attenta, i gradini sono rotti," le gridai. Questa volta prestò attenzione al mio avvertimento e, con cautela, si avvicinò ai gradini e si piegò in avanti per poggiare il suo peluche in un angolo.

"Che meraviglia di bambina. Da chi avrà preso, mi chiedo," disse Georgie, e io mi girai di nuovo verso di lei. Non degnai quell'osservazione di una risposta. Se devo fare questa cosa, allora l'avrei fatto

in modo civile, e solo per amore di Kadee, nonostante l'innegabile irritazione e la seccante attrazione.

"Portiamo quelle scatole dentro, va bene? Così ci leviamo subito dai piedi."

"Va bene."

Lo scatolone con cui Georgie stava lottando era effettivamente molto pesante. Sull'etichetta c'era scritto che si trattava di libri, ed era pieno fino all'orlo. Kadee era già tornata sul marciapiede, e sia lei che Georgie mi seguirono verso la casa, ognuna trasportando un carico adatto alla propria taglia. Nel caso di Kadee, si trattava di un paio di scatole di scarpe. Raggiunsi i gradini e osservai il danno di ieri sera, sbirciando nel buco per valutare lo stato del legno e dei supporti.

"Sono messi piuttosto male," dissi salendo i gradini.

Con cautela, saggiai la resistenza della parte destra dell'asse ed evitando il gradino già rotto raggiunsi la porta della casa. Georgie era troppo indaffarata a rispondere alle domande di Kadee per badare a quanto le avessi detto. Oppure mi stava ignorando di proposito. Ma non appena mi avvicinai alla porta, mi disse: "Per ora va tutto nella sala da pranzo. È sulla..." Sapevo già che la sala da pranzo fosse sulla sinistra, e quindi andai a colpo sicuro, zittendola.

Continuammo a fare avanti e indietro per un'altra mezz'ora buona, incrociandoci a metà strada senza rivolgerci la parola, mentre Kadee saltellava di qua e di là per conversare allegramente con la sua nuova amica. Presi l'ultima scatola e mi diressi per l'ennesima volta verso la casa. Georgie mi aspettò in fondo agli scalini per prenderla e portarla dentro. Nonostante tutti i miei sforzi, le nostre mani si sfiorarono. Le sue erano calde e morbide. I nostri occhi si incrociarono per una frazione di secondo. Anche lei aveva sentito la stessa scossa elettrica che avevo sentito io? Georgie distolse lo sguardo e io cambiai prontamente argomento.

"Faresti meglio a togliere tutto questo legno e a installare dei nuovi supporti. Sembra tutto marcio."

Georgie entrò in casa, posò la scatola sul pavimento, uscì, e solo allora mi rispose.

"Andrà bene, ne sono sicura. Basta metterci una toppa così che nessun'altro ci cada dentro."

Cosa? Una toppa? Questa casa si meritava di meglio.

"Beh, sì, certo, ma di questo passo anche il resto del portico finirà col marcire. È meglio occuparsene ora, piuttosto che doverci mettere mano più di una volta. Meglio farlo bene e farlo subito, dico sempre io."

"Ma io non te l'ho chiesto, ho sbaglio?" mi disse lei. "Ma, ehi, grazie per avermi aiutata con quegli scatoloni. Adesso posso continuare da sola. So benissimo quello che devo fare."

"Se lo dici tu. Volevo solo essere d'aiuto. Ma è chiaro che sai il fatto tuo," dissi con un tono grondante sarcasmo. Era ovvio che a questo punto non valeva la pena insistere. Sarebbe stato uno spreco di fiato spiegarle che ignorare il legno marcio dei gradini era un errore madornale.

"Andiamo, Kadee. Qui abbiamo finito. Torniamo a casa."

"Ma io non voglio."

"Kadee," le dissi, ma poi mi controllai. Arrabbiarmi con mia figlia il primissimo giorno che era da me non mi avrebbe portato nulla di buono. "Su, tesoro, non hai fame?" Mi accovacciai di fianco a lei e le feci solletico al pancino. Lei ridacchiò e mi offrì un sorrisetto timido.

"Che ti va di mangiare? Pane abbrustolito e caviale? Linguine all'aragosta? Cordon blue di pollo? Tutto per la mia piccola principessa," le dissi sorridendo.

Kadee ridacchiò di nuovo e notai che Georgie ci stava guardando con un sorriso.

"Papà, non essere sciocco. Non mi piacciono quelle cose."

"Allora prepariamo qualcosa che ti piace. Qualunque cosa: dimmela, e io te la preparo." Mi prese per mano, annuì, e poi si girò verso Georgie per salutarla.

"A dopo, Georgie!"

4

Georgie

Mi tenni occupata svuotando gli scatoloni con dentro le poche stoviglie che avevo. Non erano molte. Qualche cianfrusaglia. Me le sarei fatte bastare per un po' di tempo. Mentalmente, aggiunsi alla mia infinita lista di cose da fare di andare a comprare pentole e padelle.

Lo stomaco prese a borbottarmi, e allora pensai che questo fosse il momento migliore per battezzare questa cucina disordinata che senza ombra di dubbio non avrebbe mai passato una visita dell'ispettore di igiene. Mi sarei arrangiata e avrei preparato un bel pasto casalingo mentre finivo di svuotare gli ultimi scatoloni. Era da quando ero arrivata che non mangiavo come si deve, e la ricetta di famiglia dei maccheroni al formaggio mi stava chiamando a gran voce. In questa cucina non potevo preparare chissà che, e a mia disposizione avevo solo una manciata di ingredienti, giusto l'essenziale, e quindi le mie fantastiche avventure culinarie avrebbero dovuto aspettare, per il momento.

Mentre facevo avanti e indietro tra gli scatoloni da svuotare e il cibo sui fornelli, ripensai agli imbarazzanti incontri con il mio nuovo vicino. Come osava ficcare il naso? Avevo saputo il suo nome grazie alla sua dolcissima figlioletta, ma Derek Warden non era nient'altro che un so tutto io e un ficcanaso che faceva meglio a farsi gli affaracci suoi. Se solo ripensavo a quella smorfia che aveva messo su quando mi aveva fatto la ramanzina a proposito del mio portico...

Arrogante, e inappropriato. Per niente il mio tipo – me lo avevano insegnato gli anni passati in giro per le basi militari.

Prima era venuto per dirmi che voleva aiutarmi, una torcia in mano, per poi ripensarci, rimangiarsi l'offerta e costringermi a fare di testa mia. E poi, il giorno dopo, aveva la faccia tosta di dirmi come devo aggiustare casa mia? Solo perché la sua era perfetta e non aveva un portico che cascava a pezzi? Ciò gli dava il diritto di interferire?

E perché il mio corpo avvampava e tremava ogni volta che me lo ritrovavo intorno? Perché sentivo il bisogno di strozzarlo e di baciarlo al tempo stesso?

Mentre l'odore di cibo riempiva la casa, cominciai a riflettere sul modo in cui mi ero comportata. Non era così che volevo cominciare la mia nuova vita, giusto? Questa era la casa dei miei sogni, la casa dove volevo passare il resto dei miei giorni. La casa dove piantare le mie radici. Che senso aveva lanciarsi in un'inutile faida con un vicino? Tecnicamente, da quando ero arrivata, lui non aveva fatto altro che provare ad aiutarmi, giusto? Almeno dal suo punto di vista. Ero io che avevo reagito male?

Quando finii di sistemare le mie cianfrusaglie nei polverosi armadietti, il cibo era ormai pronto. Mi sarebbe bastato per almeno due giorni. Ne avevo preparato decisamente troppo e così, su due piedi, decisi che una parte sarebbe stata utilizzata come offerta di pace. Gliene avrei portato un po' e mi sarei comportata in modo decente. Potevamo ricominciare da capo. Speriamo solo di non pentircene, mi dissi.

Sicura di me, uscii in strada, ma ecco l'incertezza che tornava a insinuarsi nella mia mente. Non sapevo come avrebbe reagito di fronte alla mia intrusione, e l'idea di vederlo di nuova mi rendeva nervosa.

La sua casa era simile alla mia, sebbene fosse leggermente più piccola, e aveva un grosso garage su un lato. La parte anteriore era tenuta in modo perfetto, adornata da piccoli vasi di fiori. Un giorno la mia sarà anche meglio di così, pensai.

Feci un respiro profondo, mi avvicinai alla porta e bussai usando il battente di ottone che la ornava. Aspettai. Mi tremavano le gambe. Non era stata una buona idea. Nonostante questo mi costrinsi a restare ferma lì dov'ero.

Non avevo la minima intenzione di cominciare la mia nuova vita in un quartiere dove tutti i vicini mi odiavano, e di certo non volevo che il resto del vicinato si facesse un'idea sbagliata su di me. Se questa doveva diventare la mia casa, dopo un'infinità di anni passati sbatacchiata da una città all'altra, da un paese all'altro, allora valeva la pena di fare uno sforzo.

Dopo un lunghissimo, snervante istante, la porta si aprì. Derek rimase lì a fissarmi, un'espressione confusa sul volto. Indossava una t-shirt bianca e attillata e aveva la fronte leggermente imperlata di sudore. Era un sogno, un sogno americano.

"Ciao," disse asciugandosi la fronte con un panno.

Quel semplice gesto gli fece flettere il bicipite, distraendomi.

"Ciao, io... e..." Il cuore aveva cominciato a battermi

all'impazzata. "Ti ho portato un'offerta di pace. Siamo partiti con il piede sbagliato. Decisamente. Quindi speravo potessimo ricominciare da capo? Dimentichiamoci di quello che è successo. Anzi, sai che ti dico, dimentichiamoci delle ultime ventiquattro ore."

Derek sembrava riluttante. Forse non voleva farmi entrare. Aveva aperto la porta solo in parte, e il suo corpo muscoloso bloccava ogni via di accesso. L'unica risposta che si guadagnò il mio farfugliamento fu una leggera alzata di sopracciglia.

"Ovviamente voglio riparare al danno di ieri sera," aggiunsi alla svelta. Lui non rispose, e allora io continuai a farfugliare come una scema. "È solo un po' di maccheroni e formaggio, ma pensavo che forse a Kadee potrebbe piacere?" Sollevai il coperchio per fargli arrivare un sentore del cremoso odore della mia creazione.

Al che i suoi occhi si illuminarono.

"Kadee adesso sta dormendo. Ma io adoro maccheroni e formaggio. E, devo ammetterlo: ha un profumo delizioso."

Le sue inestinguibili buone maniere sembrarono ribollire al di sotto della superficie in risposta al mio nuovo approccio. Fece per prendermi la casseruola dalle mani, ma poi si fermò.

"Aspetta, ma tu hai mangiato?" mi chiese.

"Ne ho in abbondanza, non ti preoccupare. Volevo solo..."

"Oh, no, no, entra. Un pasto veloce fa sempre piacere, e scommetto che hai avuto il tuo bel da fare con il trasloco. Insisto."

Non era questo ciò che avevo in mente, ma lui stava insistendo, e io avevo fame. Così accettai.

"Va bene, certo." Mi prese la casseruola dalle mani e si diresse verso la cucina lasciando la porta spalancata.

"Vieni," disse.

Entrai, mi chiusi la porta alle spalle attenta a non fare rumore e lo seguii. Era una casa meravigliosa, pulita e ordinata, con giusto un po' di disordine qua e là, come ad esempio sul tavolino da caffè – dei fogli sparsi, un libro da colorare e una manciata di giocattoli che dovevano appartenere a Kadee. Ciò che risaltava erano le decorazioni e le piccole modifiche apportate in giro per tutta la casa. Avevo studiato abbastanza riviste di arredamento di interni da notare compiaciuta le decorazioni immacolate che adornavano questo posto. Spiai il battiscopa in radica che doveva essergli costato un occhio della testa. Per non parlare delle meravigliose modanature che contornavano le finestre, o delle colonne decorative ai lati del passaggio a volta che conduceva nella sala da pranzo. Assomigliava moltissimo a come volevo che diventasse la mia, di casa.

"Hai una casa bellissima," dissi sentendo il rumore di piatti in cucina.

"È molto che vivi qui?"

"Sì, abbastanza. E sono anni che ci lavoro. Ma ho quasi finito. Pronto per la prossima sfida." Quando pronunciò le ultime parole, distolse lo sguardo.

"Veramente? Hai fatto tutto da solo?" gli chiesi, incredula, sconcertata dalla bellezza della cucina che avevo davanti a me.

"Non c'è bisogno di sorprendersi. È quello che faccio."

La casseruola, i piatti e le posate erano state sistemati sull'ampia isola in mezzo alla cucina: un ripiano di legno massiccio che avevo una voglia matta di accarezzare.

"Accomodati," mi disse offrendomi uno sgabello. "Vuoi qualcosa da bere?"

"No, no, grazie," dissi sedendomi e studiando il resto della cucina per assorbire quanti più dettagli possibile.

Meno male che avevo lasciato il cellulare a casa, altrimenti non avrei resistito alla tentazione di scattare decine di foto per caricarle su Pinterest.

Derek si mise nel piatto una bella porzione di maccheroni e formaggio e cominciò subito a mangiare. Ora che ci trovavamo nel suo ambiente, sembrava molto più rilassato, quasi adorabile. Era bello essersi lasciati alle spalle la tensione che aveva gravato sui nostri primi incontri. Presi una bella mestola di cibo e mi unii a lui.

"Ottimo," disse con la bocca piena e infilzando la forchetta in

quel poco che rimaneva della sua porzione.

"Ricetta di famiglia. È un segreto," dissi sorridendo. "Quindi sono anni che vivi qui. Com'è questa zona?" gli chiesi scegliendo un argomento che, durante la nostra brevissima conoscenza, non ci avesse già fatti litigare.

Lui smise un attimo di mangiare e ci pensò su.

"Piuttosto tranquilla. Non ci sono quasi mai problemi, e ci sono degli ottimi posti, con ottima gente e prezzi ragionevoli. Non ti spenneranno come farebbero in città. Il caffè che c'è sulla Main è ottimo per un boccone al volo, e penso che ci sia anche un posto che ha aperto da poco. Oh, ed Edgar gestisce un negozio di ferramenta, nel caso ti serva qualcosa. Cosa di cui non dubito."

"Ottimo, sembra perfetto. E voi due, che mi dici di Kadee?" Lui esitò, al che io proseguii: "Se non ti spiace se te lo chiedo. Puoi dirmi di farmi gli affari miei senza problemi. Non me la prenderò, stai tranquillo."

Fece spallucce. "Non ti preoccupare. Sono divorziato, e Kadee vive ad ovest, insieme a sua madre. Non la vedo quasi mai."

Decisi di aggirare in punta di piedi l'emozione che scorsi nel suo tono di voce.

"Non dev'essere facile. Sembra una bambina fantastica," gli dissi, come per dargli supporto.

"Sì, lo è eccome," disse scostando il piatto vuoto.

Mi rivolse uno sguardo che non riuscii a decifrare. Si trattava di curiosità? Oppure mi stavo trattenendo troppo a lungo? Prima che il suo sguardo potesse snervarmi troppo, proseguii con il mio interrogatorio.

"E che mi dici di te? Hai detto 'è quello che faccio'. Che intendi dire?" chiesi abbracciando la spazio attorno a me con un ampio gesto delle braccia.

"Certo che hai un sacco di domande, eh?"

Masticai un boccone e lo buttai giù. "Se preferisci, possiamo starcene qui seduti a mangiare in silenzio come due sconosciuti."

Derek si mise a ridere e scosse la testa. "E non le mandi a dire, questo è poco ma sicuro."

Sorrisi. "Ci provo... in pratica, è l'unica cosa che so fare."

"Sono sicuro che non è così. Qual è la tua, di storia?"

"Non stavamo parlando di me. E poi te l'ho chiesto prima io."

Derek accennò un mezzo sorriso che raggiunse quasi i suoi occhi. "Va bene, giusto. Allora: faccio il muratore. La mia specialità sono le rifiniture degli interni, diciamo così, sebbene, nel corso degli anni, abbia messo mano praticamente a tutto dentro questa casa. Forse posso darti qualche buon consiglio?"

La sua baldanzosa spacconeria su questo argomento mi dava ai nervi, specie il suo presupposto secondo il quale io, una *donna*, non sapessi cosa stessi facendo. E, certo, casa sua era meravigliosa – ma vacci piano, bello. D'improvviso mi ricordai della sera prima, di quando aveva insistito col dire che lui fosse meglio di me in queste cose, specie quando si trattava del mio portico. Beh, il modo di fare qualcosa lo si trovava sempre, e questa ragazza qui non aveva bisogno dell'aiuto di nessuno! Nemmeno qualcuno bello quanto Derek.

"Faccio da sola, grazie."

Derek sollevò le mani. "Come vuoi."

Un silenzio lungo e imbarazzante permeò la stanza come una nebbia inattesa. Derek guardò il proprio orologio. Provò a farlo senza farmelo notare, ma non lo fece esattamente con discrezione. Mi mossi sullo sgabello, che cigolò.

"Hai finito?" mi chiese Derek indicando quel che rimaneva nel mio piatto. C'erano ancora un paio di forchettate di pasta, ma ormai avevo perso l'appetito.

"Sì, finito. Mi tolgo dalle scatole."

"Oh, okay. Sparecchio qui e ti accompagno, dammi un secondo."

Afferrai i piatti e sparecchiai prima che potesse farlo lui. Tuttavia, senza guardare, finii con afferrare anche la sua mano... la sua mano forte, calda. La lasciai andare sentendo delle scintille che mi risalivano lungo il braccio e, per la seconda volta durante quella giornata, il mio cuore andò su di giri.

Per un momento restammo immobili. L'atmosfera finora rilassata del nostro incontro andò in mille pezzi dinanzi all'intimità di questo semplice tocco. Lo guardai negli occhi per un istante, ma prima che potessero catturarmi e costringermi ad arrendermi a lui, tirai via la mano. Il gesto inconsulto fece roteare il piatto e io non potei far altro che guardarlo terrorizzato mentre si avvicinava al bordo del tavolo.

Per fortuna Derek aveva degli ottimi riflessi. Allungò la mano, il palmo piatto, e riuscì a domare la stoviglia ribelle.

"Merda, scusa, c'è mancato poco. Di solito non sono così goffa, te lo prometto."

"Non ti preoccupare," disse lui. Sembrava infastidito, irritato e scontroso. Ora ero sicura di essermi trattenuta troppo a lungo.

"Dovrei tornare a casa, presto arriverà una mia amica," dissi dirigendomi verso la porta prima che lui potesse fermarmi.

"Certo, certo, nessun problema," lo sentii dire dietro di me.

Raggiunsi la porta cercando di scrollarmi di dosso quel momento, ma poi intravidi Kadee seduta in cima alle scale, un orsacchiotto poggiato di fianco a lei. Si stava stringendo le ginocchia tra le braccia, ed era silenziosa come silenziosi sono tutti i bambini che sgattaiolano via dal letto per origliare i grandi che parlano al piano di sotto. Io le sorrisi e la salutai senza farmi vedere da Derek. Il suo visino si illuminò e fece ciao con la mano per ricambiare il mio saluto.

Derek mi aveva raggiunta e mi tenne la porta aperta. Lo lasciai sul suo porticato e mi diressi verso il mio. Tempismo perfetto: proprio in quel momento, Fiona stava scendendo dalla sua macchina e si stava guardando intorno per capire se si trovasse nel posto giusto.

"Fiona!" gridai mentre attraversavo la strada.

Lei alzò lo sguardo, confusa che fossi apparsa dal lato sbagliato della strada. Fiona era la mia unica vera amica. Ci eravamo conosciute al college, e anche se lei aveva proseguito gli studi mentre io mi ero ritirata, non ci eravamo mai perse di vista. Il fatto che lavorasse in una città a un'ora da qui era stato decisamente d'aiuto quando avevo dovuto decidere se comprare questa casa o no.

"Ehi, l'indirizzo è giusto, no?" mi chiede indicando la casa alle sue spalle. "E chi è quel manzo, eh, civettuola mia?" mi chiese a bassa voce quando le fui vicina.

"È solo il vicino. Non ti entusiasmare, è un cazzone," le dissi abbracciandola.

"Beh, a chi non farebbe piacere un po' di quello!" rispose col suo solito tono osceno.

"Oh, mi sei mancata," dissi ridendo. "Andiamo, ti mostro la casa. Ecco a cosa mi hanno portato i tuoi intrighi."

5

Derek

"Ma perché non posso uscire? C'è il sole," disse Kadee con voce implorante e sbattendo i piedi sul pavimento di legno. La sua faccia, ogni volta che non otteneva ciò che voleva, si colorava di una buffa tonalità di rosa.

Questa mattina ci eravamo divertiti un sacco. Era una meraviglia venire svegliato dal suo visino gioioso. Era saltata sul letto e io le avevo fatto il solletico fino a lasciarla quasi senza fiato. Mano nella mano, ci eravamo avventurati al piano di sotto e insieme avevamo preparato la colazione. Ero pronto a prepararle il suo piatto preferito – uova strapazzate con pane abbrustolito – ma, a quanto pareva, ne erano cambiate di cose dall'ultima volta che era venuta a trovarmi. Ora voleva i pancake, bacon croccante e una vagonata di sciroppo. Eppure, dopo la divertente mattinata, ora le cose mi stavano sfuggendo di mano. Nota: in futuro evitare di rimpinzare di zucchero la bambina di prima mattina. Avevo bisogno di farla calmare, così da poter sbrigare alcune faccende all'interno della casa e cercare di capire quale sarebbe stato il mio prossimo progetto.

"Mi dispiace, tesoro, prima ho del lavoro da fare. È importante," provai a spiegarle. Ma provateci voi a convincere una bambina di cinque anni in overdose da zuccheri che, a volte, non ci si può divertire e basta.

"Che noia! Non sei divertente! Sei come la mamma! Perché io non posso andare fuori?" Pronunciò la parola "io" impregnandola di disperazione. "Io non ho del lavoro da fare."

"Fuori da sola non ci vai, non senza di me. Nemmeno in giardino. Mi sembra di ricordare che ieri sei scappata via, hai attraversato la strada senza guardare nonostante ti avessi detto di non farlo. Non accadrà di nuovo, capito?"

Kadee si calmò e abbassò lo sguardo. Si imbronciò e corrucciò la fronte. Si stava per mettere a piangere, o ad urlare. Mi preparai.

"Tesoro, presto andremo fuori, te lo prometto. Non ci vorrà molto. Promesso. Anzi, ho una sorpresa per te. Arriva domani," dissi provando a rassicurarla. Ma penso che per una bambina della sua età, "domani" fosse come aspettare il giorno di Natale che sembrava non arrivare mai.

Tirai un sospiro di sollievo quando l'altalena di espressioni sul suo viso fece l'ennesimo giro. Il sorriso che sfoggiò quando menzionai che c'era una sorpresa in arrivo era da cartolina.

"Che cos'è?"

"Lo scoprirai domani. Nel frattempo…" Tirai fuori una copia dei *Minions 2* da dietro la schiena. "Che ne dici di un film, invece? Hai visto solo il primo, giusto?"

Gli occhi di Kadee si illuminarono ancora di più.

"Sì, la mamma ha detto che era stupido e che non lo potevo guardare," disse, estremamente delusa.

"Beh, la mamma ora qui non c'è, no?" le dissi sorridendole furbescamente. "Mettiti comoda sul divano e io ti metto su il film e ti preparo uno spuntino. Io sarò in cucina a lavorare al computer, okay?"

Kadee annuì, afferrò la custodia del *Blue-ray* e corse verso la TV. Ora che Kadee era stata sistemata, avevo bisogno di mettere in ordine tutte le varie scartoffie e completare qualche lavoro di falegnameria nel garage. Dopodiché, avrei avuto un paio di fatture da finalizzare e qualche telefonata che avevo rimandato troppo a lungo. Ma se volevo che il mio piano funzionasse, dovevo soprattutto trovare una casa da comprare e rinnovare.

Quella donna, quella cavolo di Georgie, aveva rovinato tutto. Si era intrufolata all'ultimo minuto e aveva alzato la posta accaparrandosi la casa che avrebbe dovuto essere mia. Quella casa avrebbe dovuto essere il mio biglietto per andarmene via di qui. Grazie ad essa, avrei potuto permettermi di stare con mia figlia, ora che il mutuo che avevo acceso con la banca stava per scadere. Avevo persino rifinanziato questo posto pur di riuscire ad attuare quel piano. Non avrei dovuto puntare tutti i miei soldi su un unico cavallo. Avrei potuto fare di meglio. Ma quella casa era perfetta, letteralmente fuori dalla porta di casa. Avrei potuto lavorarci su prima e dopo il lavoro. Essendo così vicina, proprio al di là della strada, avrei potuta finirla in metà del tempo.

Mi era sembrato tutto troppo bello per essere vero... e infatti era così. Avrei dovuto sapere che qualcosa sarebbe andato storto.

Tra tutte le persone che potevano comprarsi quella casa, doveva proprio comprarla lei, la donna più fastidiosa del mondo. E, come se ciò non bastasse, mi sarei dovuto sorbire ogni giorno tutti i macelli che avrebbe combinato. Che cosa ridicola. Dovevo trovare una nuova casa, e alla svelta. Tutto il resto era pronto. Avevo messo da parte tutto l'occorrente, ma ora non solo dovevo trovare un'altra casa a tempo di record, ma dovevo anche trovare il tempo per lavorarci e per gestire i miei soliti lavori allo stesso tempo – grazie alla mia fortuna, sapevo già che avrei trovato una casa a diverse ore da qui.

Una volta sbrigato il grosso delle scartoffie, decisi di prepararmi un'altra tazza di caffè. Mentre ascoltavo la caffettiera che sgocciolava sibilando lentamente, il silenzio del resto della casa divenne palese. Kadee aveva finito di guardare il film e si era addormentata sul divano. Ma la pace e il silenzio durarono poco. Sentì del baccano provenire da fuori. Allungai l'orecchio per capire cosa fosse. Proveniva dall'altro lato della strada?

Aprii la porta sul retro per sentire i colpi e le grida. Sì, stava succedendo qualcosa, almeno a giudicare dalle imprecazioni che si espandevano attraverso la strada come furiose onde radio. Scossi il capo ed espirai. *Non impicciarti. Non è un tuo problema...*

Ma poi sentii un altro urlo acuto e non ce la feci più. Controllai Kadee, che continuava a dormire. Uscii per controllare cosa stesse succedendo. Ne andava della mia sanità mentale.

Bussai alla porta, nessuna risposta. Georgie – oppure la persona che lei stava riempiendo di botte – sembrava veramente nei guai, così provai ad aprire la porta. Non era chiusa a chiave. Irruppi all'interno, seguendo i rumori. Non dovetti cercare a lungo... c'era acqua su tutto il pavimento.

Georgie era accucciata in cucina. Zuppa fradicia dalla testa ai piedi. Un getto d'acqua usciva da sotto il lavandino, e lei sembrava sull'orlo delle lacrime. Anche se, con tutta quell'acqua, come potevo esserne sicuro? Ma che diavolo stava cercando di fare? Di annegarsi? Di installare una piscina in cucina?

"Ma che diavolo succede? Ti serve una mano?" le chiesi avvicinandomi al lavandino per capire quale fosse la situazione.

Aveva smesso di imprecare. Si limitò a indicare il lavandino con fare minaccioso.

"Stavo cercando di... volevo solo..." disse. Era bagnata, infreddolita, e sconcertata.

"Va tutto bene, non ti preoccupare. Ora vediamo di risolverlo," dissi facendo del mio meglio per arginare il getto usando uno straccio.

"Aspetta, così ti bagni."

"Georgie, hai spento la valvola principale?" dissi guardandola. In questo momento, la sua solita irriverenza era del tutto assente. Mi guardò sbattendo le palpebre. Aveva degli occhi grandi e marroni, probabilmente, in questo momento, l'unica cosa capace di distrarmi dalla camicia bianca e bagnata che le si era appiccicata al petto.

"E la corrente elettrica? Si sta allagando la casa." Nessuna reazione.

Mi alzai, la afferrai per le spalle e la scrollai. "Georgie! Dobbiamo fare subito qualcosa. All'acqua e al quadro elettrico ci penso io. Tu prendi degli asciugamani e apri tutti gli altri rubinetti. Alla svelta." Le tolsi la chiave inglese dalle mani. "Sei con me, Georgie?"

Questa chiamata alle armi riuscì finalmente a ridestarla.

"Okay, posso farlo."

Ci separammo, ognuno per eseguire il proprio compito. Per fortuna conoscevo a memoria la pianta della casa. Dopo aver spento tutto, tornai da Georgie. La perdita era stata arginata quasi del tutto, e Georgie, in ginocchio vicino al lavandino, stava disponendo gli asciugamani sul pavimento bagnato per impedire all'allagamento di raggiungere anche le altre aree del primo piano. Mi infilai sotto al lavandino per connettere le giunzioni necessarie.

"Ma sei matta? Che cosa stavi cercando di fare, si può sapere?" le gridai da sotto il lavandino. Voglio dire, quanto ingenua poteva essere? Non c'era alcun bisogno di fare un macello del genere. Inutile lavoro aggiuntivo, come così anche i gradini del portico. Non che a me dovesse fregarmene qualcosa, la casa non era mia, eppure...

"Ho saltato un paio di passaggi," disse lei. Ecco che tornava la sua solita irriverenza. "Fammi causa, va bene?"

"Cristo, ci sono anche dei cavi qui sotto. È pericolosissimo, Georgie. Fare le cose così, alla bell'e meglio, senza sapere che diavolo stai facendo... finirai col farti male!" le dissi mentre risolvevo il problema. La sua ingenuità mi faceva arrabbiare.

Non sentii nessuna risposta provenire da sopra il lavandino. Mi morsi la lingua e continuai il mio lavoro, attaccando il tubo di scarico che lei aveva provato ad aggiungere. Una volta finito, mi alzai in piedi.

Restammo lì in piedi, ansimando, con l'acqua che ci gocciolava dai capelli. Lei aveva un aspetto tremendo. Diamine, sembrava una bambina sconfitta, che aveva appena perso al suo gioco preferito. E io non ero stato d'aiuto, urlandole contro.

"Georgie," dissi quasi a bassa voce.

Lei si morse il labbro tremante. "Lo so che hai ragione, è stata una cosa stupida. Io sono stata stupida. Gridami pure contro," rispose guardandomi con gli occhi lucidi.

Non potevo restare arrabbiato con lei, non quando era qui, davanti a me, inzaccherata e bellissima al tempo stesso. E diamine, i suoi vestiti zuppi d'acqua lasciavano ben poco all'immaginazione. Sentii la pressante urgenza di abbracciarla e stringerla a me fino a quando non fosse tornata la sua solita sfacciataggine. Ma restai fermo, a mezzo metro da lei, resistendo alla tentazione di leccarle le labbra bagnate.

"Senti, scusa se mi sono messo ad urlare. Ma sono felice che abbiamo sistemato tutto e che tu non ti sia fatta male."

"Grazie. Devo ammetterlo, sono felice che tu sia qui." Si sporse in avanti, riprendendo fiato, e allungò la mano come per darmi una pacca sul petto a mo' di ringraziamento.

Ma poi esitò, mi accarezzò il petto e sussultò. Poi mi guardò con quei suoi enormi occhi marroni.

Ero spacciato. Non ce la facevo più. Non ce la facevo più a resisterle. Con un gesto folle, la strinsi tra le mie braccia e avvicinai le mie labbra alle sue, senza esitare. Le cullai la testa tra le dita e, finalmente, ebbi il primo assaggio di questa testa calda che viveva dall'altra parte della strada.

Quasi come se le avessi ridonato il soffio vitale, le ricambiò il mio bacio con passione. Le sue mani disperate si aggrapparono alla mia camicia, attirandomi a lei, e i nostri corpi freddi e bagnati si premettero l'uno contro l'altro. Smisi di sentire freddo – ora sentivo solo il calore del nostro bacio appassionato e l'impetuosa urgenza di reclamarla.

6

Georgie

Le cose mi sfuggirono presto di mano. Non so come o quando quella giornata aveva cominciato ad andare nel modo sbagliato. Mi ero svegliata presto, piena di ottimismo. Avevo effettuato delle piccole riparazioni in giro per la casa. Forse avevo esagerato con il tritarifiuti. Ma mi aveva condotto a questo momento, tra le braccia di Derek.

Il panico indotto dall'allagamento si tramutò in questo bacio vigoroso, incessante. Le sue labbra cocenti ebbero il sopravvento sui miei vestiti freddi e bagnati, e i nostri corpi si scontrarono febbrilmente tra di loro, come due pezzetti di pietra focaia che provano disperatamente ad accendere un falò in campeggio.

Era una sensazione paradisiaca, anche nonostante tutto il macello attorno a noi. Oscillammo inciampando sugli asciugamani allargati sul pavimento e calpestammo l'acqua che ancora bagnava il pavimento. Mi ritrovai premuta contro il ripiano della cucina. Mi strinse il viso tra le mani e continuò a baciarmi. Io accolsi la sua lingua con enorme gioia e lo accarezzai.

"Papà?"

La vocina flebile di Kadee ci ridestò dalla nostra intimità con uno shock. Derek mi lasciò andare ed entrambi provammo a ricomporci.

"Kadee, che ti ho detto a proposito di uscire da sola!" le disse Derek, preoccupato.

"Scusa, papà. Non ti trovavo, così sono venuta da Georgie," rispose Kadee con voce assonnata.

"Va bene, tesoro, sono qui. C'è stata un'emergenza."

"Stavi baciando Georgie," disse Kadee.

"No, no, non era niente, Kadee... va tutto bene, non c'è niente da vedere. Dovevo solo aggiustare il tritarifiuti."

Niente? Sentivo ancora il suo desiderio sulle labbra, ma sembrava che per lui non avesse avuto nessuna importanza. Signorino, se pensi che quello fosse niente, ti ficco la testa nel tritarifiuti!

Per fortuna non lo dissi ad alta voce. Invece, strinsi i pugni e lo guardai sgranando gli occhi.

Derek mi salutò dicendo qualche banalità e prese in braccio sua figlia. Lei mi fece ciao con la mano e io, ancora mezza frastornata, riuscii a ricambiare il suo saluto con un gesto incerto.

Mi ritrovai di nuovo da sola, in mezzo a questo casino. Era un imprevisto coi fiocchi. Avrei dovuto passare il resto della giornata a ripulire. Ma questa, al momento, non era la cosa che mi preoccupava di più. Che cosa era appena successo tra me e lui. Quello era un bacio che mi sarei ricordata. Ma la sua reazione quando era arrivata Kadee mi aveva fatto infuriare. Aveva veramente bisogno di darsela a gambe così alla svelta, come se quello che avessimo fatto... o che eravamo sul punto di fare... fosse qualcosa di cui vergognarsi?

Cazzo... tanti saluti al diventare amica del nuovo vicino. Non era mia intenzione spingermi a tanto. Quantomeno, non consciamente.

7

Derek

Il mattino dopo, il faccino sonnolento di Kadee esplose di gioia quando le ricordai che oggi avrebbe ricevuto la sua sorpresa. E anche io ne ero contento: mi bastava avere qualcosa per non farmi pensare a quello che era successo ieri con Georgie e alle incessanti domande di Kadee, che voleva sapere cosa stesse combinando il suo papino con Georgie. Una conversazione che non ero assolutamente pronto ad affrontare.

Cazzo, ma cosa mi era venuto in mene? Come se nella mia vita non ci fossero già abbastanza problemi e tensioni.

Per fortuna, dopo quel bacio, non mi ero imbattuto in lei. Ma ciò non impedì ai miei pensieri di continuare a fluttuare verso di lei. Che cosa stava pensando? Che cosa stava facendo? Dovevo andare a trovarla? Scacciai immediatamente via quell'idea, assieme all'impellente desiderio di baciarla di nuovo.

"Papà, che cos'è?" mi chiese Kadee costringendomi a concentrarmi.

"Devi aspettare un altro po'." Portai Kadee davanti alla porta del garage, dove la attendeva la sua sorpresa. Non l'avevo mai vista così su di giri.

"Okay, tesoro, chiudi gli occhi," le dissi. Kadee chiuse gli occhi con forza e io aprii la porta. La vista di una bicicletta nuova di zecca venne accolta con un urlo acutissimo. Vivendo con sua madre, nel suo appartamento di città, la mia bambina non aveva mai avuto un'opportunità del genere. I bambini come lei devono poter giocare fuori, all'aria aperta, andare in giro in bicicletta e arrampicarsi sugli alberi. Ma una cosa alla volta. Gli alberi potevano aspettare, e le ginocchia sbucciate per ora non facevano parte del piano. Kadee doveva divertirsi, ma la sicurezza veniva prima di tutto.

"Ora. Come primissima cosa, dobbiamo pensare alle misure di sicurezza. Ti serviranno anche le rotelle."

"Non mi servono le rotelle. Guarda," disse sicura di sé. Afferrò il manubrio, pronta a montare in sella.

"Aspetta. Vieni qui."

Accigliandosi, lasciò andare la bicicletta con riluttanza ma poi, con un po' di incoraggiamento, si decise a seguirmi verso la pila di vestiti poggiati sulla panchina dentro il garage. La sua ridarella ora era stata rimpiazzata da uno sguardo determinato e attento, gli occhi incollati sulla sua nuova bicicletta. Le feci indossare i guanti, le ginocchiere e il casco, oltre a qualche mia piccola aggiunta personale. Avevo modificato le ginocchiere che usavo per inginocchiarmi sul pavimento per fargliele usare come spalline. Feci un passo indietro e ammirai il mio lavoro. Kadee mi sorrise, mezza sepolta sotto il grosso casco. La mia bambina non si sarebbe fatta male, nossignore.

Avevo parcheggiato il furgone in fondo alla strada per permetterle di usare il vialetto. Spinsi la bici fino al marciapiede così che potesse cominciare col pedalare verso il garage. Kadee camminò a mio fianco squittendo dalla gioia, le braccia tese in avanti per continuare a toccare il suo nuovo regalo.

"Okay, sei pronta? Monta su."

Tenni il manubrio fermo e lei montò in sella.

"Ora, tieni i piedi sui pedali, okay? E non lasciare il manubrio."

"Lo so, papa. Guarda!" esclamò suonando il campanello con forza.

Non appena lei cominciò a pedalare, lasciai andare il manubrio e le sistemai le protezioni attorno alle spalle. Barcollò in avanti mentre io camminavo al suo fianco, aggrappandomi al di sotto del sellino.

"Lascia, papà, vado da sola," mi implorò dopo aver fatto avanti e indietro per la prima volta.

"Non ancora. Prima ti ci devi abituare."

Mentre tornavamo indietro, Georgie imboccò il vialetto di casa con il furgone. Scese e mi guardò rivolgendomi un'occhiataccia. Prima che uno di noi potesse prodigarsi in chissà quale imbarazzante saluto, Kadee gridò: "Georgie, Georgie! Vieni a vedere, è la mia nuova bicicletta. Vuoi vederla?"

Georgie le sorrise. "Porto queste cose dentro e ti raggiungo subito," dissi quasi senza guardarmi.

Forse pensava che il nostro bacio non fosse stato granché?

Riconobbi le buste del negozio di ferramenta. Erano in arrivo altri disastri.

Kadee si rifiutò di scendere dalla bici fino a quando non tornò Georgie.

"Okay, fammi vedere cosa sai fare, Kadee," disse Georgie piazzandosi di lato.

Partimmo di nuovo, e io di nuovo corressi ogni sbandamento e la aiutai a proseguire.

"Domanda veloce, Derek. Perché è vestita come il portiere di una squadra di hockey? Si sta allenando per qualche sport estremo di cui non sono a conoscenza?" mi disse Georgie mentre la passavamo davanti.

"Fa' pure la spiritosa, ma la mia bambina non si farà mai male. È così che faccio le cose, io."

"A me pare un'esagerazione. Se cade finirà per rotolare via, con tutte quelle imbottiture. Riesce a malapena a muoversi. Quello non è andare in bicicletta."

"Ma che ne dici di farti i fatti tuoi?" dissi accigliandomi e tornando a ignorarla per concentrarmi sulla mia piccola ciclista. "Come va, tesoro?"

"Georgie ha ragione, non è così che si va in bici, non mi lasci andare," rispose Kadee con un sospiro.

E, come per dimostrare che aveva ragione, Kadee lasciò andare il manubrio e provò a incrociare le braccia sul suo petto ben imbottito, che non le permise di piegare i gomiti.

Sentii una risatina provenire da dietro di me. Mi girai verso Georgie, che sfoggiò un'espressione compiaciuta.

"Non fa i collaudi delle macchine, Derek. E non è su un razzo che sta per essere sparato nello spazio. Non succederà niente. Deve avere l'opportunità di imparare, e tu devi lasciarla andare," disse Georgie mentre noi tornavamo verso il garage.

"Come è successo col tuo lavandino, eh?" risposi io. Questa donna era incorreggibile. Eppure, ogni volta che apriva bocca, il mio sguardo continuava a cadere sulle sue labbra. Se solo avessi potuto trovare una scusa per zittirla di nuovo con un altro bacio.

"Oh, lo sai benissimo cos'è successo col mio lavandino!" disse Georgie mordendosi il labbro. La desideravo così tanto che per poco non gemetti. "Kadee, tesoro, dovresti chiedere al tuo papà se domani posso aiutarti io con la bici. Ti faccio vedere io come si fa."

E detto ciò, Georgie attraversò la strada come una furia sbattendosi la porta di casa alle spalle.

"Papà, sono stanca. E fa caldo. Non voglio più andare in bici oggi. Non così." Emise un sospiro. Aveva le guance rosse.

"Ma tesoro, vai alla grande. Dobbiamo andarci piano all'inizio, così non ti fai male. Qualche altro minuto?" Kadee scosse la testa. Seppellii la mia delusione. Non era così che doveva andare questa giornata. Non c'era nient'altro che potessi fare mentre Kadee scendeva dalla bici, me la toglieva dalle mani e la spingeva in garage.

Dovevo trovare un rimedio, ma come? Quantomeno, dovevo far sì che la situazione tornasse ad essere amichevole. La felicità di Kadee era tutto per me.

"Posso, papà?" Kadee mi guardò con i suoi occhioni da cucciolo smarrito. "Posso andare in bici con Georgie domani? Ti prego..."

Ci pensai su per un minuto. Non c'era motivo di dire di no. Se ciò la rendeva felice, allora dovevo allentare la presa, almeno un po'. Dovevo anche ammettere che, nel profondo, una parte di me voleva passare altro tempo insieme a Georgie.

"Qualsiasi cosa per te, piccola," dissi abbracciandola. "Ma penso che prima debba andare a scusarmi con lei. Vediamo come possiamo fare, eh? Che ne dici di una gitarella in paese?"

8

Georgie

Perché mai ogni volta che vedevo quell'uomo mi veniva voglia di saltargli addosso e di strappargli tutti i vestiti, e invece, puntualmente, finivamo col metterci a discutere? Mi faceva infuriare, non c'era niente da fare. Ieri aveva avuto la faccia tosta di baciarmi nella mia cucina e poi di andarsene senza nemmeno dirmi ciao. Beh, d'accordo, io avevo altro a cui pensare. Perché sapevo che il suo atteggiamento nei miei confronti non era l'unica cosa che mi frustrava.

Avere un padre iperprotettivo può veramente riuscire a smorzare l'entusiasmo di una bambina. La povera Kadee non voleva far altro che farsi un giro in bicicletta, e invece aveva finito con l'assomigliare a un uomo Michelin in miniatura. Io ricordavo con gioia tutte le ore passate ad andare in bicicletta in giro per la base militare dove mio padre era di stanza. Una ragazza ha bisogno delle sue due ruote, della sua libertà, anche quando è costretta ad andare in bici in un posto circondato da filo spinato e pieno di guardie che la tengono sott'occhio tutto il tempo.

Certo, Kadee non aveva ancora raggiunto quell'età, né si trovava nella stessa situazione difficile in cui mi ero trovata io. Lei era in un tranquillo cul-de-sac dove l'unico pericolo era rappresentato dalle buche nell'asfalto. Ma se Derek non la piantava di imbacuccarla a quel modo, di riempirla di protezioni manco giocasse come difensore in una squadra di football, presto lei lo avrebbe respinto. E con forza.

Soffocai un grido e sbattei la porta di casa. Traballò assieme a tutto il resto della casa. Mi ci appoggiai contro, come per reagire ai miei pensieri turbolenti e al mio stato mentale, e subito l'appendiabiti di legno vicino alla porta – che sembrava stare lì dalla notte dei tempi – cadde sul pavimento. Sopra vi nevicò un'ondata polverosa di intonaco. Lanciai un urlo mentale: ma questo posto stava cadendo a pezzi? Avevo commesso un errore nel comprarlo?

Diedi un calcio all'appendiabiti e mi diressi verso la sala da pranzo dove mi attendevano i miei nuovi acquisti. Al momento era meglio evitare di sbattere le porte – e di imbattersi in quell'odioso vicino.

Avevo bisogno di tenermi occupata, non volevo rompere nient'altro. Svuotai le buste e cosparsi tutto quello che avevo comprato nel negozio di ferramenta sul tavolo da pranzo. C'era un sacco di roba che non sapevo nemmeno come utilizzare. Avevo fatto acquisti col cuore, non con la testa. E avevo anche comprato dei dettagli ornamentali a cui non ero riuscita a resistere ma che, al momento, con ogni probabilità non mi sarebbero serviti a niente,

Nelle ultime settimane avevo studiato svariati video su YouTube, e sembrava tutto così facile. Ma ora, confrontata con la realtà, mi sentivo sopraffatta. C'erano così tante cose da fare. Forse Derek aveva ragione: non sapevo cosa stessi combinando e non sapevo nemmeno da dove cominciare. Non avevo nemmeno pensato agli scalini del portico, che dovevano ancora essere riparati, e la cucina non aveva ancora finito di asciugarsi. Questa sorprendentemente costosa visita dal ferramenta non avrebbe avuto un grosso impatto. Erano passati solo due giorni, e i costi erano già lievitati.

Forse non avrei dovuto spendere così tanti soldi per il nuovo letto che sarebbe dovuto arrivare in giornata ma, come diceva sempre mia zia: "Se non altro, assicurati sempre di avere un letto decente. Ti basta una buona nottata di sonno o un po' d'azione tra le lenzuola per essere pronta a tutto." Ballare il mambo orizzontale non faceva esattamente parte dei miei piani quando avevo comprato quel letto, nemmeno con quel bel tipo che viveva davanti a me e continuava a infestare i miei pensieri. Ma non avevo intenzione di passare un'altra nottata avvolta nel sacco a pelo distesa sui sottili cuscini del divano.

Ripensai alla zia Dakota, a tutti i suoi saggi consigli e, in qualche modo, tornai ad essere pronta all'azione. Dovevo cominciare da qualche parte, anche se si trattava di qualcosa di insignificante.

A poco a poco, avrei raggiunto il mio scopo.

Non avevo niente pronto per imbarcarmi in qualche lavoro importante all'interno della casa. Ma fintanto che continuavo a fare qualcosa, fin quando continuavo a spuntare anche solo una voce dalla mia lista delle cose da fare, allora forse mi sarei sentita meglio. Allora ripensai al grosso buco che si era appena formato vicino alla porta di ingresso dopo che era caduto l'attaccapanni. Prima che potessi convincermi a non farlo, o prima che i dubbi mi assalissero come dei ragni territoriali, presi una spatola, dello stucco e un panno umido e mi misi al lavoro.

Passai un'infinità di ore a lavorare (o almeno così mi sembrò), ma non combinai nulla. Decisi comunque di non arrendermi. Avevo cominciato con il buco lasciato dall'attaccapanni, per poi proseguire con le altre pareti, lisciando le rifiniture e riempiendo i buchi lasciati dai chiodi usati per appendere i quadri. Dovevo riconoscerlo: sembrava un po' meglio, ora. E mi sembrò anche di scrollarmi un enorme peso dalle spalle, come se non mi fossi limitata ad appianare le pareti, ma fossi riuscita anche a smussare i bordi frastagliati del mio stato d'animo attuale.

Adocchiai la vecchia mensola malandata in cucina, le puntai addosso il mio nuovo palanchino e le dissi: "È giunta la tua ora!"

Doveva sparire, non riuscivo a passarle davanti senza arricciare il naso come se puzzasse. Era stata fissata senza la minima cura, e avevano utilizzato degli orrendi materiali male assortiti.

Era ovvio che quella mensola si sentisse a casa, storta com'era su quella parete, ed era refrattaria all'idea di andarsene. Le vecchie viti arrugginite avevano rinunciato alla loro voglia di vivere molto tempo fa, e protestarono quando provai a sfilarle dal muro. E anche dopo aver rimosso tutti i supporti che, all'apparenza, tenevano quella mensola attaccata al muro, la mensola restò lì, immobile, come se si fosse fusa al resto della casa. Mi misi a ridere. Dovevo demolire l'intera parete per sbarazzarmi di questo affare?

"Non mi guardare così. Te ne devi andare! Fino ad ora

abbiamo provato con le buone, ora arrivano le cattive," dissi prendendo un martello.

La guardai per un momento, sperando che finalmente si decidesse ad arrendersi, ma non fui così fortunata. Con titubanza, cominciai a colpirla. Le mie martellate si fecero a poco a poco sempre più infuriate, con la rabbia e la frustrazione che si incanalavano attraverso il martello riversandosi sul punto di impatto.

Ma la mensola non si mosse. La guardai esasperata. Quanto era brutta. E come faceva ancora a restare in piedi?

Colta dalla disperazione, la afferrai con forza e mi ci appesi. La scossi verso il basso e cominciai a tirarla con tutta la forza che avevo in corpo. All'inizio non si mosse, ma poi, finalmente, con un ultimo strattone, venne via.

La mensola cadde sferragliando e rotolando sul pavimento, seguita da una pioggia di intonaco e polvere, e da me, che ovviamente persi l'equilibrio. Tossi e imprecai in egual misura.

"AH! Georgie 1 – Casa o! Che hai da dire adesso, eh?" dissi al macello sparso sul pavimento con tono accusatorio. Tecnicamente, se avessimo tenuto il punteggio, io mi sarei ritrovata decisamente indietro ma, adesso, illudermi è l'opzione migliore, pensai sorridendo.

Qualcuno bussò deciso alla porta.

Guardai prima la porta, e poi la mensola caduta sul pavimento. Sollevai un sopracciglio.

"Amici tuoi in cerca di vendetta?" Mi ripulii dalla polvere e andai a vedere chi fosse, chiedendomi chi mai potesse essere, dal momento che io non conoscevo quasi nessuno qui a Hollow Point.

Erano Derek e Kadee. Vederlo mi fece infuriare – ma anche accaldare. Dio, che bel bocconcino che era. Soprattutto quando indossava la cintura con gli attrezzi intorno ai fianchi, trasportando i suoi pesanti ferri del mestiere. Per non parlare del fatto che portava i Levis leggermente calati, regalandomi un peccaminoso assaggio dei contorni definiti dei suoi muscoli che conducevano, potevo solo immaginare, al paradiso.

Distraendomi, mi girai verso Kadee e il suo sorriso scintillante. In mano aveva un enorme libro. Lui in braccio portava un fagotto con chissà cosa dentro.

"Ciao," dissi io esitando. "Che succede?"

"Ciao, pensavo che..." cominciò a dire Derek, ma poi si zittì. Stava arrossendo?

"Per te!" disse Kadee all'improvviso.

"Sì, quello è per te," disse Derek accennando un sorriso. "E stavo pesando che sarebbe meraviglioso se domani potessi aiutare Kadee con la bicicletta. Siamo d'accordo. E poi, non ti ho mai ringraziata per averci portato da mangiare l'altra sera."

Presi il grosso libro dalle entusiaste manine di Kadee.

"Oh," dissi, piuttosto sorpresa da questa svolta. Forse questo tizio non era poi così scontroso? "E questo che cos'è?" chiesi guardando il libro.

"Beh, penso che ti sarà molto utile. Io l'ho usato per anni. Adesso non mi serve più. Ma a te forse sì."

Era un volume pesante e robusto, stagionato e consunto, e sembrava essere stato rilegato almeno vent'anni fa. Sulla copertina, a caratteri dorati, c'era scritto: "*Ristrutturazione per principianti – Come iniziare a lavorare alla casa dei propri sogni*".

"Lo so che sembra vecchio, ma credimi, è perfetto per le case come queste. Specie se vuoi aggiungere qualche tocco tradizionale."

Io ero occupata a rimuginare sulla parola "principianti". Certo, ero una novizia, ma veramente lui mi vedeva in quel modo? Come se avessi bisogno di un manuale di istruzioni per potermela cavare? "Grazie," dissi mettendo il libro da parte. È il pensiero che conta, giusto?

"Ti ho preso anche questo. Vedilo come un regalo per inaugurare la casa."

Disfeci il fagotto, che si rivelò essere una cintura da lavoro di qualche tipo. Arrossii. Si era accorto di tutte le volte che i miei occhi si erano soffermati sulla sua? Vi guardai dentro. C'era una sfilza di attrezzi nuovi e scintillanti, alcuni dei quali non sapevo nemmeno a cosa servissero, figuriamoci se sapevo come si chiamassero.

"Oh, wow. Dev'esserti costata una fortuna. Non avresti dovuto. Veramente. Non posso accettare.

Liquidò le mie parole con un gesto della mano. "Insisto. Saranno preziosi, fidati di me. Dopo averli provati, finirai col chiederti come hai fatto a farne a meno fino ad ora."

Era difficile resistere alla sua sincerità e ai suoi modi appassionati e sicuri di sé che utilizzava sempre quando parlava del proprio lavoro. Io speravo invece che potessimo parlare di quel bacio, ma con Kadee presente, mi morsi la lingua e zittii quell'urgenza, oltre a cercare di smorzare il persistente calore che mi irradiava le guance.

"Georgie, possiamo andare in bici domani?" disse Kadee, annoiata da quella conversazione tra adulti.

"Calma, Kadee. Dove sono le tue buone maniere? Come si dice?" intervenne Derek.

Kadee drizzò la schiena e, utilizzando la voce più tenera di cui fosse capace, invocò la parolina magica come un piccolo ma tanto determinato maghetto.

"Per favore?"

Studiai per un secondo l'espressione di Derek, assicurandomi che lui fosse completamente d'accordo. Mi annuì e allora io sorrisi.

"La faresti felicissima," mi incoraggiò. "E faresti felice anche me."

Sbattei le palpebre, chiedendomi se avesse veramente pronunciato quelle ultime parole o se me le fossi immaginate.

Kadee mi tirò per la mano. "Quindi?"

"Ma certo, tesoro. Ci divertiremo un sacco, vedrai." Guardai Derek negli occhi. "Io sono sempre qui che ti aspetto," dissi aspettando di vedere come reagiva lui alla mia potenziale insinuazione.

Derek si mise a tossire. "Perfetto. Ecco, tesoro." Derek mi guardò. "Sono sicuro che prima o poi ti tornerò utile... quindi, fammi sapere se ti serve aiuto."

9
———

Derek

"Ora chiudi gli occhi, tesoro. Tempo di fare bei sogni," dissi rimboccando le coperte a Kadee che stringeva a sé il suo orsacchiotto.

Ora sapevo quanto fosse difficile farla preparare per andare a letto quando non faceva altro che pensare a qualcosa che la entusiasmava. Le avevo letto tre favole della buona notte, ma lei non aveva mai smesso di parlare di Georgie e di come domani si sarebbe divertita ad andare in bici con lei. Ma ora, finalmente, era pronta per dormire, e le sue palpebre pesanti cominciavano già a chiudersi. Mi chinai in avanti e le diedi un bacio sulla testolina assonnata.

"Papà, a te Georgie piace?" mormorò.

"Beh, tu che pensi?"

"Te l'ho chiesto prima io. Ma a me lei piace."

"È molto gentile." Kadee corrucciò leggermente la

fronte, forse non del tutto soddisfatta della mia risposta vaga, e allora aggiunsi: "ma so per certo che tu le piaci."

"Pensi sia carina?"

"Non quanto te, piccola."

"Papà! Non hai risposto. Non dormirò se non me lo dici."

"Penso sia molto bella," risposi pensando che forse, un giorno, la mia bambina avrebbe condotto degli interrogatori che non avrebbero lasciato scampo a nessuno. Ma a lei non potevo mentire, anche se ciò voleva dire riconoscere i sentimenti che sembravano essere spuntati fuori dal nulla.

Le accarezzai i capelli allisciando i piccoli riccioli vispi che le contornavano la fronte. "Ora, basta domande, e dormi. Domani ti vuoi svegliare presto per giocare, no?" Kadee annuì, sbatté le palpebre e si girò su un fianco.

Restai lì in silenzio a guardarla mentre si addormentava e il suo respiro si faceva leggero e la sua testolina affondava nei cuscini. Facendo il minor rumore possibile, mi allontanai dal letto per uscire dalla camera, facendo attenzione a non calpestare i giocattoli che non erano stati messi a posto, e mi diressi al piano di sotto.

Ovviamente non avevo voluto rispondere direttamente alla domanda di Kadee, ma non potevo negare ciò che anche una bambina di cinque anni riusciva a vedere e aveva intuito. C'era qualcosa tra di noi, questo era certo. Ogni volta che Georgie era intorno a me, sentivo delle scariche elettriche partire dal mio corpo. Questi pochi giorni che avevo con Kadee erano troppo preziosi, e non avevo bisogno di distrazioni. Ma la verità era chiara come il sole: Georgie era irresistibile, nonostante non avesse fatto altro che mettermi alla prova.

I suoi occhi bellissimi mi colpivano ogni volta che li vedevo. Riuscivo a malapena a pensare a nient'altro, era una cosa che mi faceva infuriare tanto quanto il suo sarcasmo contagioso. Ma non potevo negare l'effetto che aveva Georgie su di me. Né riuscivo a decidere se la sua personalità insolente mi eccitasse più di quando non avrebbe dovuto. Era esuberante, su quello non ci pioveva.

Quantomeno, vederla allontanarsi da tutti i nostri conflitti aveva avuto i suoi lati positivi. I suoi jeans attillati, i suoi fianchi che ondeggiavano mentre attraversava la strada avevano lasciato in me un'impressione che faticavo a scacciare. Tempi *duri*, puoi dirlo forte, mi dissi sogghignando, ma poi subito mi rimproverai per i miei pensieri ribelli. Dovevo darmi una controllata: quella era pur sempre la donna che era riuscita a infrangere tutti i miei sogni, a mandare all'aria il mio piano di acquistare la casa dall'altra parte della strada così da poterla rinnovare, venderla e finalmente avere abbastanza soldi da potermi permettere una casa anche lontanamente decente verso la costa ovest, vicino a dove viveva Kadee.

Presi una birra dal frigo, la aprii e cominciai a navigare su Netflix per cercare di distrarmi e non pensare. Il baby monitor che avevo comprato per la camera di Kadee era poggiato sul tavolino da caffè. Certo, era un po' troppo cresciuta per cose di questo tipo, ma non avevo intenzione di correre rischi. Non con la mia bambina.

Dopo un bel po' di tempo passato a navigare in giro per la app, incapace di trovare qualcosa che destasse il mio interesse, sospirai. In ogni caso, non mi andava di guardare niente. Ero troppo distratto. Sentii una leggera bussata e mi accigliai. Ascoltai. Era la porta principale. Controllai l'ora, si stava facendo buio fuori. Scolai la birra e mi alzai proprio quando un trailer sboccato partì in automatico sulla televisione. Pensai subito che si trattasse di Georgie che veniva qui per farsi una sveltina. Provai a scacciare quel pensiero e aprii la porta.

Vidi Georgie illuminata dalla luce del portico. Dietro di lei, al di là della strada, c'era la sua casa, avvolta dalle tenebre. La sua improvvisa apparizione mi lasciò senza parole.

"Ehm, ehi. Non volevo disturbarti. Ho solo una domanda veloce da farti."

"Certo, dimmi pure," risposi deglutendo. "Si tratta della casa?" aggiunsi per dissipare una volta per tutte l'illusione della sveltina. Non importava quanto tempo avessi passato senza avere una donna nel mio letto: ora quelle erano cose a cui non potevo pensare, punto e basta.

"Beh, sì. È una domanda ipotetica, più che altro."

"Ipotetica, certo. Spara. Qual è il problema?"

"Diciamo che è andata via la corrente, e che quando vai a controllare, il quadro elettrico continua a scattare. Poi diciamo pure che la tua unica fonte di luce – il tuo cellulare – si è scaricata. Quindi, sì, se questo fosse il tuo problema ipotetico, tu cosa faresti?"

Annuii durante tutta la sua spiegazione indiretta e mi grattai la testa, accontentandola. "Mhmm, la cosa sembra complicata. In questa situazione non ce l'ho una torcia, vero?"

"Ah, no, temo proprio di no. L'unica torcia disponibile si è rotta," disse facendo un sorrisetto e abbandonando la sua facciata falsamente modesta. "Quindi sì, questo è il problema. Sono sicura che la risposta si trovi in quel libro, ma non posso leggere al buio. Volevo andare a leggere nel furgone, ma non trovo le chiavi. Si sta facendo tardi, e non so proprio cosa fare."

Il trailer di Netflix partì di nuovo, e dei rumori osceni si sentirono fino alla porta principale.

"Ma forse hai di meglio da fare?" mi prese in giro Georgie rivolgendomi un sorrisetto malizioso e cercando di fare capolino per vedere cosa stesse accadendo in salotto.

"Che stai guardando? Qualcosa di vietato ai minori? Cinquanta sfumature di legno massello?"

Ignorai la sua domanda e non le risposi. Ma non potei farlo senza arrossire come uno scemo. "Un secondo, torno subito." Spensi la tv e presi il cellulare e il baby monitor. "Kadee sta dormendo, ma posso venire a dare un'occhiata, se vuoi. Giusto un minuto," dissi facendole vedere gli oggetti che avevo in mano.

"Ottimo, grazie mille," disse Georgie con un sorriso e si girò per andarsene.

Attraversammo insieme la strada silenziosa e accesi la torcia del mio cellulare. Ma quel silenzio durò poco.

"Un baby monitor? Ma veramente?" mi chiese con il suo solito sarcasmo.

"Ci puoi scommettere. Io la mia bambina la terrò sempre al sicuro, costi quel che costi. Inoltre, non sei d'accordo che adesso si sia rivelato particolarmente utile?"

Non ebbe il tempo di rispondere mentre salimmo percorrendo i gradini rotti e ci addentrammo nella casa buia.

"Sta' attento dove vai, potrebbero esserci delle cose per terra," mi avvertì Georgie.

Il quadro elettrico si trovava sul retro, in un piccolo corridoio che conduceva alla porta sul retro. Camminando, illuminai gli oggetti e i mobili che avevamo intorno così da poterli evitare. Georgie era subito dietro di me. Riuscivo a percepire la sua presenza, sentivo il suo dolce profumo. Era inebriante. Quasi troppo vicino... mi stava facendo impazzire.

Andando sempre più in profondità, era sorprendente vedere quanto fosse buio il retro della casa, lontano dal bagliore diffuso dei lampioni in strada. "Attenta, ci siamo quasi." Lo dissi più a me stesso che a lei. Prima sbrigavo questa faccenda, prima potevo tornarmene a casa. Lontano dalla tentazione.

Una volta raggiunto il quadro elettrico, le diedi il cellulare e le dissi dove puntare la luce per permettermi di controllare quale fosse il problema. Era un interruttore automatico vecchissimo, con grossi fusibili circolari, fuso a un robusto pezzo di plastica grigia. E, ovviamente, scattò subito non appena sollevai l'interruttore principale.

"Ovviamente, con questo buio è impossibile capire con esattezza cosa ha causato il problema. Ma se possiamo individuare di quale circuito si tratta, possiamo saltarlo così da recuperare un po' di elettricità," le dissi.

"Sì, mi trovi completamente d'accordo," disse Georgie. Poi fece una pausa. "E come si fa?"

"Si va a tentativi. Li rimuovo uno ad uno e ti passo i fusibili."

"Certo. Io sono qui, e sono pronta."

Era veramente lì. Lo stretto corridoio non era stato progettato per ospitare due persone allo stesso tempo. Sembrava un ripostiglio, e in questo spazio tanto angusto quando buio non potevo ignorare il suo corpo che si strusciava sul mio mentre lei cercava di indirizzare la torcia sul quadro elettrico. Emisi un sospiro e mi sforzai per controllarmi e concentrarmi sul da farsi.

"Oh, no, che problema c'è?" mi chiese Georgie dopo un istante. Il mio sospiro l'aveva fatta andare leggermente nel panico. Mi puntò la luce in faccia.

Strizzai gli occhi, accecato.

"Va tutto bene, ma tieni ferma la luce, eh? E non mi accecare, se ci riesci."

Lei si mise a ridere e tornò a illuminare il quadro elettrico. "Non lo faccio cadere, tranquillo," disse dandomi di gomito.

Sapendo quanto mi avesse fatto arrabbiare la prima notte, ora sapeva che doveva andarci piano con i suoi modi scherzosi. Dovevo ammetterlo: i suoi modi di fare cominciavano a piacermi.

"Beh, non si sa mai," le dissi. "Tu e le tue mani di pastafrolla."

Rimossi due fusibili e non accadde nulla. Ne tolsi un terzo e glielo diedi. Il terzo fusibile le cadde dalle mani. Io lo raccolsi ma, nella confusione, inciampai su di lei che si era piegata in avanti per fare altrettanto. Andai sbatterle contro il sedere, spingendola via. Istintivamente, la afferrai per impedirle di cadere... e, diamine, metterle le mani addosso era una meraviglia.

Lei sussultò scioccata, il che non fece altro che farmi eccitare ancora di più.

Drizzò la schiena e si girò verso di me, al buio. Sentii il suo petto che si sollevava e si abbassava ansimando, il suo respiro caldo e pesante che mi si posava sul collo, mettendomi alla prova. Sfidandomi. Non ce la feci più. Mi dimenticai del quadro elettrico, la presi tra le mie braccia e la baciai.

Lei gemette al mio tocco, spalancò le labbra e mi lasciò entrare. Per un po' ci perdemmo nella passione, lì in quello stretto corridoio, esplorando le nostre bocche come se fossimo alla ricerca di un tesoro perduto.

Senza fiato, ci separammo per un istante. "Due secondi," le sussurrai. Volevo vederla come si deve. Provai di nuovo ad accendere l'interruttore principale.

Con mia enorme sorpresa, questa volta non scattò. Il corridoio era sempre al buio, ma un bagliore proveniente dalla scalinata nel corridoio principale filtrò sul pavimento di legno, riversandosi sui nostri piedi.

"Hai un po' di luce. È già qualcosa. Dovrei finire qui," le suggerii.

"Oh, diamine, non di nuovo," mi disse a bassa voce, le mani sul mio petto, le sue unghie conficcate nella mia carne. "Prima devi occuparti di qualcos'altro." Mi accarezzò il braccio, mi prese per mano e mi condusse verso le scale.

10

Georgie

"Dobbiamo sbrigarci," disse Derek con un sussurro, incapace di togliermi le mani di dosso, attirandomi verso di lui mentre attraversavamo la casa.

"Più veloce è, meglio è," gli dissi sorridendo.

Non era questo il mio piano. Sembrava quasi la trama insulsa di un qualche film porno. Il tuttofare arriva alla riscossa, va via la corrente, la ragazza si fa chiavare. Però, non potevo negare che, da quando ci eravamo incontrati, mi ero ritrovava diverse volte a fantasticare su quest'idea. Ma questo non era un sogno, e ormai era inutile lottare contro l'attrazione che provavo per quest'uomo. Era ovvio che ci desideravamo, e io, al piano di sopra, avevo un letto nuovo di zecca che non aspettava altro che essere inaugurato. Zia Dakota, grazie per il saggio consiglio. Gli accordi ritmici del mambo cominciarono a risuonarmi nella testa.

Ci sfilammo le scarpe in fondo alle scale e io lo trascinai

verso la camera da letto – non che lui stesse facendo resistenza. Il lampadario della camera forniva la giusta luce soffusa, e non toccai nessun altro interruttore... lo farà lui, pensai, con un sorriso. Poggiai il telefono e il baby monitor sul comò e lo guardai. Derek aveva uno sguardo quasi primitivo negli occhi. Mi venne incontro e mi strinse tra le sue braccia.

Mi strinse a sé, contro il suo corpo forte e muscoloso, e la passione dei nostri baci si intensificò rapidamente. Le nostre labbra cocenti danzarono attorno alle lingue giocose, mentre lui, ad ogni bacio, continuava a portarmi verso il letto. Gli sfilai la maglietta dai pantaloni e cominciai a lottare con i piccoli bottoni. Lui mi aiutò con gli ultimi e si tolse la maglietta gettandola sul pavimento. Gli premetti le mani sul torace nudo e muscoloso, palpandolo, sentendolo solido sotto le mie dita. Reale. Quanto doveva martellare un uomo per farsi venire delle braccia grosse e forti come le sue? Non mi sembrava il tipo di uomo che andava in palestra, ma diamine se sembrava che potesse sollevarmi senza il minimo sforzo.

Passai le dita sui bitorzoli e i rigonfiamenti del suo corpo, mentre lui mi sbottonava con forza i jeans. Gli ricambiai il favore e così riuscimmo a liberarci di altri capi di vestiario, facendoli volare lontani dai nostri corpi. Lanciai il mio top attraverso la stanza con un gesto drammatico e restai con indosso solo mutande e reggiseno. Guardai i suoi occhi, aspettando la sua prossima mossa.

Questa volta mi venne incontro a passi lenti, accarezzandomi lungo tutto il corpo, facendomi vibrare e fremere a ogni tocco. I nostri corpi caldi e nudi si incontrarono, pelle contro pelle, mentre le sue mani continuavano a fare su e giù sulla mia schiena.

Centimetro dopo centimetro, mi spostò fino a raggiungere il letto. Mi ritrovai con il reggiseno slacciato e me lo tolsi senza sfilarmi dal sicuro bozzolo formato dalle sue braccia. Si strusciò contro di me, e il suo petto muscoloso ravvivò i miei capezzoli, facendoli inturgidire, sull'attenti.

I suoi baci cocenti si diressero improvvisamente verso il mio collo, e io non potei far altro che gemere di piacere. Mi baciò lì, sulla carne sensibile, con baci lenti e insistenti, accarezzandomi la schiena con le mani. Questa volta non si fermò. Me le infilò nelle mutandine e mi strizzò il culo con forza. I suoi palpeggiamenti mi fecero abbassare le mutandine, e quando lui le tirò con gentilezza, lo accontentai sfilandomele. Poi fece lo stesso con le sue, di mutande. Mi morsi il labbro e guardai il suo cazzo che mi veniva rivelato, baldanzoso nella sua ritrovata libertà. Poi, senza perdere tempo, balzò all'attenti per salutarmi. Lo bramavo disperatamente. Presi la situazione in mano e glielo accarezzai con gesti amorevoli, sentendo l'asta tozza che si induriva sempre di più grazie alle mie attenzioni.

Fece un passo in avanti e ci ritrovammo a cadere all'indietro sul letto. Lui cadde sopra a me, una gamba in mezzo alle mie, la sua coscia che mi sfiorava lì in mezzo alle cosce. Le nostre labbra si trovarono per l'ennesima volta, le nostre lingue si attorcigliarono lottando per il dominio, senza che nessuno di noi cedesse.

Si sollevò su una mano e mi strizzò i seni con l'altra. Sentii l'entusiasmo che gli pulsava nel palmo della mano. Mi pizzicò i capezzoli, prima uno e poi l'altro. Sentii di nuovo la sua coscia che mi premeva in mezzo alle gambe, strofinandosi contro di me fino a farmi impazzire. Scivolai verso l'alto e fremetti, affondandogli le unghie nel corpo, esortandolo a non fermarsi. Ero pronta per lui.

Si posizionò in mezzo alle mie gambe, me le fece spalancare e mi premette il cazzo contro la fica.

"Prendimi, ti prego," gli dissi accarezzandogli il mento ruvido.

Mi baciò dolcemente, e prima che me ne accorgessi, mi penetrò. Fino in fondo. Inarcai la schiena e strinsi le braccia attorno alla sua. Mi guardò dritta negli occhi con un desiderio che non mi sarei aspettata. Si fermò per un istante, sempre più eccitato.

"Cristo, sei perfetta," mi disse sorridendo. "Lento o veloce?"

"Veloce," risposi stringendolo a me, avvicinandomelo.

"Forte?"

"Dio, sì!"

Sorrise e i suoi movimenti, inizialmente lenti, presero rapidamente un ritmo costante e insistente, che era a dir poco paradisiaco. La sua faccia svanì nel mio collo e prese a mordicchiarmi, sempre senza smettere di palparmi e di pizzicarmi i capezzoli turgidi. Avevo i fuochi d'artificio in mezzo alle gambe. Il suo corpo pesava su di me, spalancai le cosce più che potei e gli avvolsi le gambe attorno alla vita.

Gli affondai i talloni nel culo e lui capì l'antifona.

"Lo vuoi tutto questo manico, eh?"

"Sì! Inchiodami contro il muro..."

Cominciò a scoparmi con ancora più forza, facendomi scivolare verso il centro del materasso. Il letto oscillò e la testata cominciò a sbattere con forza contro il muro, punendolo.

Cominciai a gemere sempre più forte, esortandolo a continuare, già a pronta a sentirlo eiaculare dentro di me, volevo spingerlo oltre il baratro, volevo farlo detonare dentro di me. Mi aggrappai a lui con forza e gli sussurrai all'orecchio di darmelo tutto. Dimentica di tutto, gettai la testa all'indietro, perduta in questo trattamento così feroce, così rapito, estatico. Senza il minimo sforzo, mi sollevò e ci fece rotolare entrambi sul letto. Mi ritrovai seduta su di lui, le sue mani avvolte attorno al mio sedere mentre continuava a scoparmi con forza. Rimbalzai su di lui, gli gettai le braccia attorno al collo, i nostri corpi sudati si appiattirono l'uno contro l'altro, come se stessimo provando a divenire un'unica entità.

"Sto per venire," dissi ansimando. "Non ti fermare. Sì, così!"

Lui rinnovò i suoi sforzi e io gettai di nuovo la testa all'indietro. Le sue labbra discesero sul mio collo, poi sui miei seni. Il suo corpo si fece rigido, la tensione mi lasciò senza parole... fino a quando, con un ultimo grido, venni. Anche lui venne, dentro di me. Il mio corpo fremette in risposta, e io cavalcai un'ondata secondaria di piacere mentre lui esplodeva dentro di me.

Crollò su di me, bloccandomi contro il materasso con il peso del suo corpo. Era stato meraviglioso, così reale. Il suo odore muschiato era inebriante. Sollevai il mento e gli baciai la pelle imperlata di sudore. Sperai che questo momento non finisse mai. Lui riprese fiato e si lasciò cadere sul materasso di fianco a me, le sue gambe ancora intrecciate alle mie. Mi girai verso di lui e cominciammo ad accarezzarci.

"Quindi ci sai fare anche con le mani, oltre che con gli attrezzi," gli sussurrai rivolgendogli un sorriso malizioso.

"E tu sei bellissima, cavolo," fu la sua risposta mentre si sporgeva verso di me per baciarmi. "Cristo, questo sì che non me lo aspettavo..."

"Se lo dici tu. Allora penso che quel bacio nel diluvio universale della mia cucina non abbia significato niente per te, eh?" lo stuzzicai.

"Beh, sembra che sì, qualcosa volesse dire," mi disse sorridendomi.

Lo vidi mentre adocchiava con fare nervoso il baby monitor. Mi ricordai di Kadee, e di come ieri ci avesse interrotti.

"Sono sicura che sta bene, vuoi andare a controllarla?"

"Dammi un minuto," mi rispose ansimando.

Volendo riassicurarlo, sollevai la testa e gli dissi: "La sua stanza è quella sul davanti? Perché se è così, puoi vederla da qui."

"Sì," rispose lui esitando e mettendosi a sedere sul letto per guardare fuori dalla finestra. La casa era tranquilla e silenziosa, così lui poté lasciarsi cadere sul materasso emettendo un profondo sospiro soddisfatto. Rotolai sul letto per accoccolarmi a lui. Gli accarezzai il petto. "Ma devo tornare tra poco."

"Sì, lo so. Ma tra un attimo. Aspetta un secondo, va bene?"

"Va bene," mi rispose lui accarezzandomi i capelli.

"Quella bambina ti manda fuori di testa, eh?" gli dissi scherzando.

"E puoi biasimarmi? È fantastica. È tutto per me. Anche se riesco a malapena a vederla."

"Non è giusto. Le bambine hanno bisogno del loro papà."

"Vallo a dire a me. Diamine, le volte che l'ho vista negli ultimi due anni le conto sulla punta delle dita. Si è trasferita sulla costa occidentale insieme alla madre, e io non è che ho avuto molta voce in capitolo," mi disse sollevando una mano. "Ci vado ogni volta che posso, certo, ma non basta mai, sai?"

Senza pensarci, intrecciai le mie dita alle sue, ed entrambi guardammo le nostre mani che giocavano intimamente mentre parlavamo.

"Avevo in mente di andare lì una volta per tutte, così da

poter passare più tempo con lei, ma poi..." disse senza finire la frase, e il mio stomaco accusò il colpo. Non può andarsene, pensai egoisticamente, non ora che ci siamo trovati.

"E perché non l'hai fatto?" dissi con cautela.

"È successo qualcosa. Tanti saluti ai miei progetti," rispose lui tornando a guardare la casa al di là della strada.

"È comprensibile che tu voglia farlo per Kadee, ma non è bello che tu debba prendere e trasferirti. Io non ho fatto altro in vita mia, ho vissuto dappertutto, e ne ho più che abbastanza. È bello sapere di essersi sistemati da qualche parte. Poter finalmente sapere che quello sarà l'ultimo letto dove poserò mai le mie stanche membra."

"Ma perché proprio Hollow Point? Hai dei parenti qui?"

"No, i miei genitori vivono la propria vita, come hanno sempre fatto. Ma perché no Hollow Point, mi chiedo io. È un posto come un altro per piantar radici... e i vicini non sono poi così male."

11

Derek

Se durante la prima mattinata passata in sella alla sua nuova bici Kadee era stata su di giri, adesso era letteralmente fuori di sé dalla gioia. Non faceva altro che parlare di Georgie, implorandomi di continuo di farle attraversare la strada per andarla a chiamare. E tutto questo prima ancora che fossero le otto del mattino. Sebbene io fossi altrettanto colpevole... dopo quello che era successo la notte scorsa, non avevo bisogno di nessun incoraggiamento per tenere a mente Georgie. Mi ero svegliato pensando a lei. Si era praticamente infiltrata nei miei sogni.

"Ha detto che potevamo andare a qualsiasi ora," mi implorò Kadee.

"Pazienza, piccola. E se non finisci la colazione non si va punto e basta."

Kadee si imbronciò e cominciò a spingere di qua e di là le uova che aveva nel piatto. Io tornai a concentrami sul mio computer, analizzando le liste di case sui siti delle agenzie immobiliari così come avevo fatto da quando la mia offerta per la casa al di là della strada era andata in fumo. Notai due nuove offerte, due proprietà che promettevano bene per una ristrutturazione completa. La prima si trovava in città, ma era facile e veloce da raggiungere. Avrei dato un'occhiata prima a quella. Mi dissi che dovevo chiamare gli uffici non appena aprivano. Controllai l'orologio, era quasi ora.

"Quando hai finito di fare colazione, pensi di poter fare una corsa in garage e prendere le ginocchiere e tutto il resto? Papà deve fare una chiamata."

"Sì!" disse lei. Finì la sua colazione in quattro e quattr'otto, divorando le uova senza nessuna pietà, con la mente rivolta a una mattinata piena di divertimento.

"Io faccio in un attimo, e poi possiamo andare da Georgie, se è già sveglia."

Mi sembrava strano che dovessi usare Kadee come scusa per andare da Georgie, come se mia figlia fosse l'unico mezzo che mi permettesse di incontrare fugacemente la donna che aveva dominato i miei pensieri e che era riuscita a spazzare via le ragnatele che mi ricoprivano il cuore. Eppure, tecnicamente, il giorno prima Georgie aveva rovinato la lezione di Kadee, e quindi era giusto che vi ponesse rimedio, pensai con fare scherzoso. Tutto qui. Continuavo a ripetermi che non aveva niente a che fare con quello che era successo tra di noi ieri sera, o del bisogno disperato che sentivo di parlare del proverbiale elefante che si aggirava con passo pesante nella stanza della mia testa, alla ricerca disperata di attenzioni.

Senza dire un'altra parola, Kadee saltò giù dallo sgabello e corse verso il garage.

Controllai di nuovo l'ora e feci le chiamate che dovevo fare. Non rispose nessuno dal primo ufficio, e il secondo agente che chiamai mi disse che doveva richiamarmi. Lanciai il telefono sul tavolo e spensi il laptop. L'urgenza di trovare un'altra casa al fine di poter mettere in atto il mio piano si stava facendo sempre più impellente. Ma tutti i pensieri riguardo le ristrutturazioni vennero immediatamente obliterai quando udii un forte tonfo provenire dal garage.

"Kadee!" gridai preso dal panico. Corsi verso il garage, il cuore che mi batteva a mille. Kadee era lì, sul volto un'espressione imbarazzata. La squadrai da capo a piedi alla ricerca di ossa rotte o tagli, ma era illesa. Grazie a Dio. L'ultima cosa di cui avevo bisogno era di avere Karen che mi accusava di non essere in grado di badare come si deve a nostra figlia.

Davanti ai piedi di cade giaceva una cassetta degli attrezzi, rivolta su un lato. Era caduta dal piano di lavoro sparpagliando il proprio contenuto sul pavimento del garage. In mezzo a quel casino, con le ginocchiere infilate solo a metà, Kadee finalmente sollevò lo sguardo e mi guardò con aria colpevole.

"Mi dispiace, papà. Mi si è incastrato il braccio," disse con il labbro inferiore che le tremava.

"Non è successo niente, tesoro," dissi inginocchiandomi per raccogliere gli attrezzi. "È stato un incidente." La faccia di mia figlia si accartocciò, e allora smisi subito di mettere in ordine. La strinsi tra le mie braccia e lei singhiozzo mestamente, facendomi venire i brividi.

"Non piangere, piccola. Non hai fatto niente di male."

La guardai negli occhi. Era colpa mia. Le avevo detto di venire a cambiarsi, sì, ma in realtà intendevo che doveva farlo in casa, dove io potessi vederla. Dovevo ancora far pratica col darle indicazioni.

"Ma non mi sgriderai? Vuoi mandarmi a casa?"

Scossi la testa. "No, ma certo che no. Perché mai hai pensato una cosa del genere?"

Kadee tirò su con il naso e se lo pulì con il dorso della mano. L'incertezza che scorsi negli occhi di mia figlia mi turbò.

"Kadee, puoi dirmelo."

Fece spallucce. "A Brian non piace quando combino i pasticci."

Mi accigliai e lottai contro l'immediato desiderio di abbandonarmi all'ira; pensando cose indicibili riguardo la mia ex-moglie e il suo nuovo marito. Respirando col naso, e stando attentissimo al tono della mia voce, le chiesi: "Brian ti sgrida spesso?"

"Solo quando mi comporto male, o lascio i giocattoli in giro, o quando non finisco quello che ho nel piatto, o se faccio troppo rumore... Mi manda sempre in camera mia."

Quindi sì, la sgrida spesso, pensai mordendomi la lingua. Che altro doveva sopportare la mia bambina? Dal punto di vista di una persona estranea alla famiglia, Karen e Brian non badavano quasi a lei, eppure adoravano usarla come pedina quando dovevano trattare con me.

La abbracciai di nuovo, e per un attimo sperai che tutto fosse andato secondo i piani. Se avessi avuto abbastanza soldi per trasferirmi in modo da andare a vivere più vicino a mia figlia; se solo fossi riuscito ad acquistare la casa al di là della strada. Ora mi sembra di trovarmi cinque passi indietro, e il poco tempo prezioso che potevo passare con mia figlia mi stava scivolando tra le dita. Stava crescendo troppo in fretta. Avevo bisogno di rinnovare solo un'ultima casa, così da poterla rivendere insieme a questa e mettere insieme abbastanza soldi per potermi comprare una casa semidecente vicino alla mia ex moglie. Loro vivevano in città, spalla a spalla con le celebrità, e io, col mio budget, potevo al massimo permettermi una casa a quarantacinque minuti di macchina da loro. Sempre meglio che farmi sei ore di volo ogni volta.

"Non ti preoccupare, qui ci pensa papà. Io non ho intenzione di sgridarti, e farò sapere a Brian che la prossima volta che ti sgrida dovrà vedersela con me. "

"Okay," rispose lei, poco convinta.

Le sistemai le ginocchiere e le gomitiere, assicurandomi che fossero ben allacciate. Non avrei mai permesso che le succedesse qualcosa di brutto. Le strizzai il naso e le sorrisi.

"Ecco fatto, tutto a posto. Come nuovo, come se non fosse successo nulla. Ora, andiamo da Georgie, sì o no?"

"Sì, sì," gridò lei cominciando a saltare su e giù, con un sorriso largo come non mai.

Presi la bicicletta e la spinsi attraverso la strada.

"A cosa devi stare attenta, Kadee?" le chiesi mentre ci avvicinavamo al portico della casa di Georgie.

"Alle buche e alle macchine," mi disse lei con lentezza, come se stesse recitando quelle parole a memoria.

"Brava la mia piccola."

Kadee afferrò il corrimano del portico e, in punta di piedi, camminò fino in fondo verso destra, e solo allora fece un balzo per bussare alla porta. Sentimmo un gridolino indistinto provenire dall'interno della casa, e quando raggiunsi Kadee la porta si spalancò.

Georgie aveva una tazza di caffè in una mano, il bordo della porta stretto nell'altra. Aveva i capelli leggermente scompigliati, la faccia sonnolenta. Strizzò gli occhi, accecata dalla forte luce del sole.

"'Giorno, abbiamo fatto tardi ieri sera, eh?" le chiesi timidamente osservando il suo viso radioso. Le dita mi formicolavano dalla voglia di sentire ancora una volta il calore emanato dal suo corpo assonnato.

"Ehi, tu," mi disse utilizzando lo stesso tono tenuemente romantico che avevo utilizzato io, "e cosa mi hai portato qui? Cos'è, un mostriciattolo fatto di cuscini? Dovrei aver paura?"

Kadee ridacchiò e gettò le braccia verso l'alto. "Sono io, Georgie!"

"Aha, proprio la signorina a cui stavo pensando. Oggi ce ne andiamo in bici, dico bene?"

"Uh huh," disse Kadee annuendo.

"Scusaci se è così presto. Hai dormito bene? Voglio dire, se hai da fare possiamo tornare dopo..." dissi.

"No, nessun problema. Ehi, non ho un aspetto troppo tremendo, no?" disse lei infilandosi una mano tra i capelli.

"Oh, no, certo che no. Non intendevo––"

Georgie si mise a ridere e si piegò in avanti per ispezionare le imbottiture di Kadee. "Tuo padre ogni tanto si ammutolisce, eh?"

"Forse è perché tu gli piaci," disse Kadee sorprendendoci entrambi.

"Kadee!" le dissi. "Io..." Non sapevo cosa dire, e di certo non potevo negare la verità che lei aveva appena rivelato al mondo intero, non con Georgie che era proprio qui in piedi davanti a me.

"Fai meglio a tacere finché fai in tempo. Inoltre, era tempo che non dormivo così bene," mi disse facendomi l'occhiolino. "Vieni, mostriciattolo, diamoci da fare.

"Io non sono un mostro," si lamentò Kadee.

Tornammo verso la strada. Kadee non fece altro che farci mille domande: quanto veloce poteva andare, quanto tempo ci sarebbe voluto per andare in bicicletta dalla sua mamma... Georgie si posizionò alla fine del vialetto e ci guardò partire. Disse a Kadee di spostare il peso e di guardare sempre avanti – un cambiamento apprezzabile rispetto alla discussione di ieri. Kadee continuò a pedalare avanti e indietro, con le imbottiture che sferragliavano contro il telaio della bicicletta mentre, barcollando, procedeva lentamente.

Sentii il mio telefono che squillava e mi ricordai delle proprietà che dovevo andare a vedere.

"Merda, devo rispondere!" Dissi a Georgie: "Ti spiace tenerla d'occhio per un istante?"

"Papà!" esclamò Kadee, un'espressione di puro shock sul volto. "Hai detto una parolaccia."

Restai confuso per un istante, poi mi resi conto della parolaccia che mi ero lasciato sfuggire.

"Scusa!" risposi con un lamento. Guardai Georgie per essere sicuro che mi avesse sentito, mentre il telefono continuava a squillare.

"Vai, vai. Qui ci pensiamo noi ragazze. Non abbiamo bisogno di ragazzi puzzolenti, vero Kadee?" disse facendo una smorfia, tirando fuori la lingua e incrociando gli occhi. Kadee scoppiò a ridere. Sapevo che era in buone mani. Corsi dentro e presi il telefono.

12

Georgie

Girai la bici per permettere a Kadee di percorrere un'altra volta il vialetto. Derek era sparito in casa. Era sembrato piuttosto agitato e distratto dalla chiamata che aveva ricevuto. E così eccoci qui, Kadee ed io. Forse questa sarei riuscita a fare una buona impressione. Volevo che questa piccola avventura ciclistica fosse perfetta: era chiaro che per Derek era estremamente importante.

"Kadee, ti piacerebbe fare colpo sul tuo papà con le tue abilità da ciclista?"

"Sì, ti prego."

"Va bene, ecco allora cosa dobbiamo fare." La aiutai a scendere dalla bici e la spinsi verso il garage. "Il tuo papà sarà così felice e fiero di te. Ora non dobbiamo far altro che toglierti tutte quelle goffe imbottiture. Non fanno altro che sbilanciarti."

Mentre Kadee si sfilava le imbottiture, io mi adoperai

per smontare le rotelle. Kadee guardò la casa di suo padre con fare nervoso.

"Sei sicura che possiamo farlo, Georgie?"

"Sei perfetta con il casco e i guanti, te lo prometto. È così che ho imparato io," la riassicurai.

Mi studiò per un momento e poi annuì.

"Ora: ti ho lasciato la rotella a sinistra. Quindi, se pensi di stare per cadere da questa parte," le dissi indicando casa mia, "sporgiti verso la tua, di casa, così riacquisti equilibrio? Capito? Tieni sempre il manubrio bello dritto."

Kadee annuì di nuovo. Poi, mentre io tenevo la bici ferma, rimontò in sella, decisa a provarci.

"Ora, se pensi che stai per cadere, devi solo dare il cinque al suolo, sulla destra." Le porsi il palmo della mano per farmelo colpire.

"Batti cinque!" disse lei schiaffeggiandomi la mano.

"Esatto, ragazza." Indietreggiai di qualche metro dalla bici. "Ora pedala verso di me."

Con fare determinato, estremamente concentrata, Kadee cominciò a barcollare in avanti, fermandosi ogni tanto per inclinarsi. Feci un altro piccolo passo all'indietro e lei continuò ad avanzare verso di me.

"Perfetto, vai alla grande. Sei un talento nato!"

Il suo sorriso si fece ancora più ampio e cominciò a pedalare più velocemente. Dopo aver fatto su e giù lungo il vialetto per un paio di volte, cominciava ad essere sempre più sicura di sé. Non aveva più bisogno del mio aiuto per girare la bicicletta e rimontare in sella. Io dovevo solo camminarle di fianco e incoraggiarla.

"Presto, se vuoi, possiamo montare la rotella dall'altra parte, così che fai pratica anche con l'altro lato," le spiegai mentre lei si preparava di nuovo a pedalare.

Eravamo appena partiti quando ricomparve Derek. Ci guardò e gridò:

"Kadee, che fai?" Attraversò il prato di corsa venendo verso di noi.

"Guarda, papa, è così facile!" gridò Kadee accelerando.

"Ma a che gioco stai giocando?" mi disse Derek non appena mi fu vicino. Mi fermai, sconcertata dal suo tono. "Mi assento un attimo e tu--"

"Aspetta. Fidati di me," dissi continuando a guardare Kadee. "Guarda, va alla grande, senza problemi," aggiunsi in mia difesa indicando Kadee che avanzava velocemente lungo il vialetto.

Derek continuò ad andarle dietro, ma questa volta con meno urgenza. Senza smettere di guardarla, rallentò.

"Guarda, papà, mi vedi?" gridò Kadee.

"Sì, piccola. Vai benissimo. Ma stai attenta."

Come se le sue parole avesse tentato il fato, la ruota davanti della bici di Kadee si infilò in una piccola buca costringendo il manubrio a girarsi di lato e a farla cadere sul cemento. Atterrò con un piccolo gridolino, sbattendo le mani sul pavimento per cercare di attutire la caduta. Proprio come le avevo detto di fare.

"Kadee!" gridò Derek correndole incontro. Io volevo quasi trattenerlo, ma quando allungai le braccia per farlo era già troppo tardi.

Per fortuna, quando lui la raggiunse, lei si era già rialzata, aveva rimesso la bici in piedi e stava per rimontare in sella.

"Stai bene? Ti sei fatta male? Kadee, tesoro?" le chiese inginocchiandosi di fianco a lei e controllandole ogni centimetro del corpo.

"Sto bene. Ho dato il cinque al pavimento," gli disse,

lasciandolo sconcertato. "Ma penso di aver sbattuto il gomito."

"Fammi vedere."

Kadee sollevò il gomito per farglielo controllare.

"Oh, beh, è solo una piccola bua. Sei una bambina così coraggiosa. Vado a prendere un cerotto…"

"No, papa, è solo una bua," disse Kadee con fare adorabile. "Baciala e guarisce subito."

Da bravo padre, Derek seguì le istruzioni di sua figlia e le diede un bacio sul gomito.

"Papà, possiamo spostare la rotella adesso?"

"Penso di sì, certo. Sembra proprio che tu stia imparando alla svelta."

"Georgie è una brava maestra."

"Sì… sembra sia a brava a fare un sacco di cose," disse Derek guardandomi. Il suo tono si era fatto di nuovo tenero e affettuoso.

"Forse dovremmo portarla fuori a cena, per ringraziarla. Non pensi?"

"Ehm, cosa?" disse Derek esitando. "beh, tesoro, non sappiamo se ha da fare. Georgie ha una sua vita, sai?"

Io restai lì, divertita mentre la sua subdola ma incredibilmente adorabile bambina lo metteva alle strette. Praticamente, stava giocando a fare da agenzia matrimoniale. Allora mi intromisi nella conversazione per salvarlo… o per gettare benzina sul fuoco, dipende da come la vedete.

"Non ho impegni, oggi avevo comunque intenzione di prendermelo di riposo. Ho veramente bisogno di una bella ricarica dopo il trasloco."

"Allora ci vieni a cena con noi, Georgie?" mi chiese Kadee, le mani di nuovo sul manubrio, già pronta per ricominciare a pedalare.

"Solo se il tuo papà…"

"Viene con noi stasera?" disse lui sorridendo, e con un tono decisamente inquieto, e io non potei non essere felicissima di fronte a una tale implicazione. "C'è un nuovo posto che mi piacerebbe provare."

"Mi piacerebbe tantissimo."

"Ovviamente, qui si tratta sempre di due al prezzo di uno," aggiunse Derek indicando sé stesso e Kadee.

"Un'offerta speciale? Ah, ma così va anche meglio. Come potrei resistere?"

"Sì!" gridò Kadee, ed entrambi ci mettemmo a ridere mentre lei ricominciava a pedalare lungo il viale.

13

Derek

"Quindi, dov'è che andiamo?" mi chiese Georgie, seduta sul sedile del passeggero.

Eravamo a bordo del mio furgone. Kadee era seduta dietro, guardando in silenzio i palazzi che sfilavano fuori dal finestrino mentre percorrevamo la strada principale.

"Niente di troppo sofisticato, temo. Un bel ristorante familiare di quelli che c'erano una volta, per quanto ne so io. Anzi, a dire il vero il proprietario è un vecchio amico di mio padre."

"La città è piccola, eh?"

"Sì... Mi hanno parlato bene del cibo. Forse sarà buono tanto quanto i tuoi maccheroni al formaggio."

Georgie si mise a ridere. "Ehi, quella è solo la punta dell'iceberg. Io sono una cuoca eccellente! Mi serve solo una cucina che funzioni.

"Allora ne riparleremo in futuro."

"Di cosa? Della mia cucina o delle mie abilità come cuoca? Penso sia meglio se tu ne stai alla larga... porti solo guai."

"Lo farò se mi prometti che la smetti di far cadere tutto." Ci scambiammo un sorriso malizioso.

"Siamo arrivati?" disse Kadee.

"E... sì, siamo arrivati. Spero tu abbia fame, tesoro," le dissi parcheggiando a qualche metro di distanza dal ristorante.

Aiutai Kadee a scendere dal furgone e, non appena i suoi piedi toccarono terra, corse verso Georgie e la prese per mano. Georgie rivolse alla mia bambina un sorriso in grado di scaldare qualsiasi cuore. Mi sorprese mentre le guardavo e fece spallucce, come se non fosse nulla... ma non era così. Lei e Kadee andavano così d'accordo... era come se uno strambo sogno si fosse avverato. Non era mia intenzione trovarmi una nuova compagna, non avevo avuto il tempo per pensarci mentre mi tenevo occupato a ristrutturare le case, e non mi era mai venuto in mentre quando Kadee era con me. Ma questo, noi tre, insieme, era qualcosa che mi piaceva un sacco.

"Sei bellissima, comunque," dissi a Georgie mentre camminavamo lungo il marciapiede. Era stato strano incontraci sul vialetto di casa mia, e io ero stato troppo impegnato ad aiutare Kadee a salire in macchina per poter fare degli apprezzamenti sul suo aspetto. Ma ora, vederla sotto il soffice bagliore che emanava l'interno del ristorante, non riuscii più a tenere a freno la lingua.

"Questo vecchio vestito? Sei tu quello elegante. Per essere un uomo che vive in blue jeans, ti sei dato una bella ripulita," mi rispose, e vidi che le brillavano gli occhi. Le sue guance si erano leggermente scurite, e non potei non pensare che la sua risposta fosse un qualche meccanismo di difesa. Presi mentalmente nota di dirle più soventemente quant'era bella, come ogni minimo movimento delle sue labbra mi facesse battere forte il cuore. E come, chissà per quale ragione, riuscivo a malapena a ricordarmi di come fosse la mia – la nostra vita prima di lei.

Aprii la porta per le mie accompagnatrici e fummo accolti da un'atmosfera a metà strada tra il romantico e il casalingo. Dei mobili caldi e rossi adornavano il locale, illuminati soffusamente dai faretti sul muro e dalle candele che tremolavano in contenitori tea-light. Le pareti erano adornate da vecchie fotografie incastonate in cornici elaborate. Mi avvicinai al piedistallo vuoto vicino all'entrata mentre un cameriere indaffarato mi sfrecciava di fronte portando due piatti in mano.

"Arrivo subito," ci disse.

Il ristorante era sorprendentemente pieno per essere un giorno in mezzo alla settimana. Chiacchiere allegre gorgogliavano da tutte le parti, provenendo dai molti tavoli occupati.

"Ho prenotato un tavolo a nome Varden," dissi al cameriere quando ritornò.

"Ah, i Varden, certo. Siamo lieti di avervi come ospiti questa sera," annunciò allegramente. "Da questa parte, prego. Vi faccio preparare subito il tavolo."

Non ebbi l'opportunità di correggere il suo assunto secondo il quale eravamo la famiglia Varden. Mi girai e feci spallucce rivolto verso Georgie, mentre lei sorrideva e conduceva Kadee in mezzo ai tavoli seguendo il cameriere.

Il cameriere ci fece accomodare in un angolo tranquillo e appartato, e io mi misi a sedere sentendo la felicità che mi scaldava il cuore, anche nonostante tutto il nervosismo che sentivo mi si stava accumulando nello stomaco fin dal primo momento in cui avevo acconsentito a quest'uscita. Erano anni che non uscivo con nessuno, e certo non mi era mai capitato di farlo mentre Kadee mi faceva da chaperon. Ma non avevo bisogno di preoccuparmi. Georgie stava aiutando Kadee con il menu, e quelle due non avevano smesso di parlare nemmeno per un istante da quando eravamo scesi dalla macchina. Questo stare insieme mi mancava da morire. Il sorriso luminoso di Kadee rendeva tutto una vera e propria delizia, e il viso contento di Georgie aveva su di me un effetto persino più profondo, più incisivo. Al lume di candela sembrava ancora più bella.

Stavamo finendo di mangiare la portata principale quando una voce tuonò attraverso la stanza.

"Eccolo! Derek, come stai?" Era Bernard, il proprietario – Bernie per gli amici.

Feci per alzarmi per salutarlo e stringergli la mano che lui mi aveva porto. "Ehi, Bernie. Ne è passato di tempo. È proprio un bel posticino. Era ora che venissimo a vedere come te la passi."

"Grazie, ragazzo mio, grazie. Diamine, saranno almeno dieci anni che non ti vedo."

"Più o meno. Ho sentito dire che te ne eri andato."

"Sì, sì, avevo grandi progetti. Ho aperto un posto in città. Pensavo di trasformarlo in chissà che. Ma poi ho capito che è di questo che ha bisogno il mio cuore," disse abbracciando il locale e i tavoli occupati con un ampio gesto del braccio. "Un ristorante familiare per la gente del posto. Ogni cliente per me è un viso familiare."

"È bello riaverti tra noi, devo proprio dirtelo. Questo posto è fantastico."

"E il cibo è delizioso," si intromise Georgie.

"Grazie, ma non fate troppi complimenti allo chef. Tende a montarsi la testa, e presto mi chiederà un aumento," disse Bernie ridacchiando. "Ma sono queste due adorabili signore che si meritano tutti i complimenti, stasera. Derek, sei proprio un uomo fortunato."

"Lo so, lo so. Ah, ma dove sono le mie buone maniere? Lei è Georgie, la mia..." dissi senza finire la frase, incapace di definire la nostra relazione. Che cosa eravamo? Non ne avevamo discusso, non avevamo definito nulla, né avevamo intenzione di farlo, penso.

"Una sua amica," disse Georgie salvandomi dall'imbarazzo. Ma non durò a lungo.

"La sua ragazza," aggiunse Kadee ridacchiando.

Guardai velocemente Georgie e la vidi che si mordeva il labbro. Sembrava che il titolo che le era stato imposto non le dispiacesse.

"E questa è la mia adorata figlioletta, Kadee."

"Piacere di conoscervi. Derek, ti auguro una buona serata con le tue signore. Vi lascio alla vostra cena, e se avete bisogno di qualcosa, non dovete far altro che chiedere."

Bernie fece un inchino e si congedò.

Finito di mangiare, era tempo di discutere su cosa prendere per dessert. Tuttavia, la discussione durò ben poco dopo che Kadee ebbe adocchiato una fetta di torta al cioccolato che veniva portata a un altro tavolo. La chiamò "ciorta al tottolato", chissà perché, e ci mettemmo tutti a ridere. Georgie le insegnò anche a pronunciare la parola "*gateaux*", nel caso in cui le venisse voglia di fare la sofisticata. Quando parlava in francese, Georgie era piuttosto sexy, e il suo accento era perfetto.

"Non guardarmi in quel modo," mi disse ridendo.

"In che modo?"

"Sì, ho seguito dei corsi di francese," disse Georgie facendo un gesto della mano.

"Beh, sono stati decisamente utili, *ma chérie*," dissi io

stringendole la mano e guardandola negli occhi. Ci guardammo, e per un secondo ci perdemmo, e i rumori del ristorante si affievolirono fino a svanire. Ma poi lei sbatté le palpebre e tirò via la mano, rimettendosela in grembo. Stanotte io non ero l'unico ad essere nervoso...

"Però non penso di essere in grado di mangiare un'intera porzione. Possiamo ordinarne una per bambini per Kadee. A meno che tu non voglia condividerne una con me?" disse Georgie.

"Sì, sembra perfetto. Anche io sono piuttosto pieno."

Il dessert arrivò, Georgie fece scivolare il piatto in mezzo a noi e io spostai la sedia per avvicinarmi a lei. Kadee si avventò sulla sua porzione con enorme gioia, anche se ero abbastanza certo che ci sarebbe voluto l'intervento di un tovagliolo dopo che avesse finito di mangiare. Le finiva più torta sulle guance che in bocca.

Georgie cominciò a mangiare la nostra porzione e, subito dopo la prima cucchiaiata, emise un gemito di piacere.

"È così buona?" le chiesi.

"Mhmm, devi assolutamente provarla," disse infilandosi un'altra cucchiaiata in bocca.

"Se ci riesco," dissi scherzando e tornando a stringerle la mano, questa volta senza permetterle di tirarla via così velocemente.

Fece per prendere un altro po' di torta ma poi esitò, e le nostre mani rimasero così, poggiate l'una sull'altra in cima al tavolo. Ci fu di nuovo quell'elettricità e ci guardammo negli occhi per un momento infinito. Morivo dalla voglia di baciarla, di sporgermi in avanti come se fosse una cosa che facevo tutti i giorni. Invece il mio nervosismo ebbe la meglio. Forse non ero pronto a farla diventare una cosa reale, o a baciare qualcuno davanti a mia figlia. Non quando c'erano ancora così tante cose da risolvere nella mia vita. Perché non erano questi i miei piani. Georgie, entrando in questo modo nella mia vita, aveva rallentato i lavori in più di un senso.

"Se non stai attento, ti morderò la mano alla ricerca di altra torta."

Le rivolsi un sorriso malizioso. "Non sai come ci si comporta a tavola?"

Con un gesto veloce le sfilai il cucchiaio dalla mano. Lei si imbronciò e tirò fuori la lingua sporca di cioccolato. Poi si girò verso Kadee.

"Ti piace, Kadee?" le chiese.

"È buonissima! Ne voglio ancora!"

Usando il cucchiaio di Georgie, mangiai un po' di torta.

"Meglio per me," disse Georgie ridacchiando e sussultando quando mi vide mangiare un po' di torta.

"No, è tutta mia," dichiarai io guardandola dritta negli occhi.

Era tutto così bello che mi scaldava il cuore, e mi doleva ripensare ai piani disastrosi per la casa che erano andati a rotoli e a come il mio tempo insieme a Kadee e Georgie stava letteralmente volando via. Presto Karen mi avrebbe detto di riportarle Kadee, e io, se avessi seguito i miei piani, sarei andato con lei. Volevo stare vicino a mia figlia. Avevo bisogno di vederla crescere. La cosa non era più negoziabile. Ma, per farlo, dovevo lasciarmi Georgie alle spalle.

Non avremmo avuto mai più delle serate come questa. A meno che io non lo volessi. A meno che non lo volesse Georgie.

14

Georgie

Mentre Derek ci riportava a casa, io mi trovavo come in uno stato onirico. Era stata una serata fantastica, una meravigliosa atmosfera circondata da belle persone. Cominciai a sentirmi speranzosa: forse avevo scelto la cittadina giusta per piantare le radici. E come per dimostrarmi proprio questo, quando stavamo per andarcene dal ristorante, Bernie ci aveva salutati con baci e abbracci, dicendo che sperava di rivederci il prima possibile.

Kadee era una tale gioia, educatissima e divertente, adombrata solo dagli occhi di Derek, dai suoi sguardi sognanti. Li conoscevo da pochissimo, ma mi ero sentita così bene con loro... era come se stessimo già diventano un trio inseparabile, e volevo che questa serata non finisse mai. Ma non sapevo se fosse appropriato chiedere a Derek di venire a casa mia per bere una tazza di caffè, e così fui costretta a mordermi la lingua.

"Che ne dite di un bel film?" mi chiese Derek con mio enorme sollievo e piacere quando scendemmo dal furgone. "Che ne pensi, Kadee?"

"Sì, ti prego resta, Georgie," la implorò Kadee.

"Mi piacerebbe moltissimo, tesoro."

Mi incamminai con i tacchi sulle grosse pietre del vialetto e Derek fu pronto a offrirmi un braccio come supporto. Una volta dentro, me li sfilai. Derek disse a Kadee che prima di cominciare a vedere il film doveva andare a mettersi il pigiama.

"Georgie! Vieni a vedere la mia stanza!"

"Le do una mano," dissi a Derek dirigendomi al piano di sopra mentre lui metteva un po' in ordine cucina spostando delle scartoffie e un laptop dal tavolino da caffè.

Quando ritornammo al piano di sotto, Kadee mi trascinò verso il sofà.

"Posso offrirti qualcosa da bere?" mi chiese Derek andando in cucina.

"Mhmm, che hai?"

"Beh, solo birra, a dire il vero. O del caffè…"

"La birra va benissimo per me." Avevo bevuto solo mezzo bicchiere di vino a cena, e mi sarebbe piaciuto farmi un altro drink.

Derek tornò con due belle birre ghiacciate e si sistemò sul sofà insieme a noi. Kadee, seduta in mezzo a noi, gli si accoccolò contro. Lui le scompigliò i capelli con un gesto amorevole.

"La vera domanda è cosa vogliamo guardare. Io sono di gusti facili."

"Oh, veramente?" dissi io lanciandogli un'occhiata maliziosa.

"Nemo!" gridò Kadee mentre Derek passava in rassegna le opzioni a nostra disposizione.

Fece una pausa e mi guardò, come per vedere se a me andava bene. "Continua a nuotare!" La mia risposta lo fece accigliare, ma Kadee si mise a ridacchiare e fece finta di essere un pesce. "Ma certo, io lo adoro quel film, per me va benissimo," aggiunsi per amor di chiarezza.

Ci mettemmo comodi e guardammo il film e ascoltammo le risatine divertite di Kadee, che si fece sempre più assonnata, e prima ancora che avessimo raggiunto la metà del film, lei stava già dormendo alla grossa, la testa poggiata sulle mie ginocchia, i piedi premuti contro la coscia di Derek.

"Farò meglio a portarla a letto," disse Derek prendendola in braccio.

"Ti serve aiuto?"

"No, stai comoda. Non ti preoccupare."

La mia mente vagò libera mentre il film proseguiva e Derek era di sopra. Era un padre perfetto, forse un po' troppo protettivo, ma era così tenero con sua figlia che mi ritrovai a desiderare questa vita tanto semplice e meravigliosa che conduceva. Volevo farne parte.

Mi morsi il labbro, incapace di arginare i miei pensieri, e mi chiesi se forse sarei stata io la prossima ad essere presa in braccio.

Un secondo dopo scacciai via quel pensiero birichino. Stavo esagerando. Non ero venuta qui per invischiarmi con un papà single. Dovevo prendermi cura di me stessa, non prendermi una cotta per...

Per distrarmi, mi alzai con la sensazione che la serata fosse finita e mi misi a curiosare in giro per la stanza immacolata. Gli interni erano meravigliosi, ma un'ispezione più approfondita mi rivelò che erano leggermente spogli. Questo posto non aveva nessun vero tocco personale. Dov'erano la tappezzeria, i quadri appesi alle pareti, i piccoli e inutili ninnoli? Questa casa, per diventare veramente una *casa*, aveva bisogno del tocco di una donna, e forse di altri giocattoli. Scossi di nuovo la testa. Volevo che quei pensieri smettessero di invadermi la testa, ma non me la sentivo di scacciarli completamente via. E poi il pensiero che mi stava popolando la mente da tutto il giorno si fece più letterale. Derek desiderava il tocco di una donna questa notte? Il mio tocco...

Camminando in giro per la stanza, lanciai un'occhiata ai fogli che aveva poggiato sulla credenza. C'erano delle lettere su un mutuo e una pila di annunci immobiliari. Sembrava roba privata, ma diedi un'occhiata alle case, per pura curiosità – mi piacevano le belle case, non potevo resistere. Intravidi il nome della strada sull'ultimo annuncio quando sentii Derek che scendeva al piano di sotto. Alla svelta, come se mi avessero sorpresa a rubare una banca, rimisi i fogli lì dove li avevo trovati.

Quella era la nostra strada. Chestnut Grove. Perché stava cercando delle case qui su questa strada? L'unica casa che di recente era stata messa in vendita, perlomeno per come mi aveva detto l'agente immobiliare, era la mia.

"Dovrei andare, credo. Ho da fare domattina presto," dissi non appena Derek mi comparve davanti.

"Veramente? Ma..." rispose senza finire la frase e senza riuscire a mascherare la delusione nella sua voce. Fece un passo in avanti verso di me, che ero in piedi vicino al sofà.

"È stata proprio una bella serata. Ti ringrazio. Dovremmo farlo di nuovo. Mi sono divertito un sacco insieme a voi due. Tutti e tre noi..."

"Forse non sarà così facile," disse lui, leggermente rattristato.

Confusa, stavo per chiedergli se c'era qualche problema, ma poi le sue braccia mi avvolsero e d'improvviso mi ritrovai di nuovo stretta nel suo divino abbraccio. Le nostre labbra si incontrarono lentamente. Incerte, alla ricerca del proprio ritmo. Oh, ma chi volevo prendere in giro? Non sarei andata proprio da nessuna parte. Ma prima che il mio corpo e la mia mente si perdessero in lui, c'erano due considerazioni che esigevano la mia attenzione.

"E Kadee?" esitai, interrompendo per un secondo il bacio.

"Dorme come un ghiro. Ma possiamo sempre fare piano, no?" mi disse dandomi un pizzicotto sul sedere.

"Dipende da cosa mi fai. Non ti prometto niente, ma ci proverò," dissi io sbattendo le sopracciglia. "E questa volta faremmo meglio a non correre rischi."

"Con me non correrai mai dei rischi, Georgie," mi rispose zittendomi. Gli avvolsi le braccia attorno al collo e mi rituffai nella nostra piscina del desiderio.

15

Derek

Non volevo che se ne andasse. Era stata una serata perfetta... Non poteva finire così presto. Volevo che restasse qui con me.

Dovetti dimenticarmi di tutti i miei problemi – potevano benissimo aspettare il sorgere del sole. Ora, l'unica cosa che importava era lei. Le sue labbra calde erano meravigliose. La strinsi a me e accarezzai il suo corpo passando le mani su e giù sul suo elegante vestito nero. Mi stuzzicò con la lingua e io ricambiai il gesto, baciandola con ancora più passione, facendola ansimare. Adoravo sentire il suo petto che ansimava, che lottava per respirare e si premeva contro il mio corpo.

Con mani fameliche, le strizzai quel suo culo sexy e le sollevai il vestito. Si sedette sul braccio del divano e io le feci scivolare la mano su per la schiena, fino a infilarle le dita nei capelli. La guardai negli occhi; e solo allora, lentamente, la baciai. Cominciò a sbottonarmi la camicia. Dopo aver aperto l'ultimo bottone, mi passò le dita sul petto e sullo stomaco. Mi sfilai la camicia e la gettai via per permettere alle sue mani di esplorarmi liberamente.

Le avvolsi le braccia attorno al corpo e tirai giù la lampo del suo vestito, mentre lei era occupata a slacciarmi la cintura e a sbottonarmi i pantaloni. Le aprii la parte posteriore del vestito e le accarezzai la pelle liscia e nuda. La sensazione più bella del mondo. Lei inarcò leggermente la schiena e io le avvinghiai le labbra sul collo.

Georgie mi mormorò qualcosa, e io continuai a baciarle e a mordicchiarle la carne del collo. Mi infilò le mani nei boxer. Tirò fuori il mio membro che si stava rapidamente indurendo, lo strinse e lo massaggiò con la stessa gentilezza che io stavo applicando al suo collo. Il suo tocco era paradisiaco, e maggiore era la forza con cui le mordicchiavo il collo, maggiore era l'impeto con cui lei giocava con il mio membro.

"Andiamo di sopra," dissi.

"Fammi strada," mi disse lei senza smettere di masturbarmi e guardandomi con quei suoi occhi seduttivi.

La presi per mano e la condussi silenziosamente al piano di sopra, nella mia camera da letto. Stando attento a non far rumore, chiusi la porta. Abbassai le luci, mi sedetti sul letto e mi tolsi pantaloni, mutande e calzini. Aprii il comodino di fianco al letto per prendere un preservativo da un pacchetto chiuso e lo poggiai sul comodino, pronto all'uso. Restai lì, nudo, seduto sul mio letto, mentre Georgie si sfilava lentamente il vestito e lo lasciava cadere sul pavimento. Ammirai il suo corpo, estasiato. Il cuore mi batteva forte; volevo che mi venisse vicino.

Con indosso solo il suo intimo di pizzo, mi venne incontro. Era la donna più bella che avessi mai visto in vita mia, lo giuro. Ero senza parole. Si mise a cavalcioni sopra di me e mi gettò le braccia al collo.

"Sei una dea," le sussurrai toccandola dappertutto, godendo la sensazione della sua pelle liscia sotto la punta delle mie dita.

"E tu... tu sei troppo sexy, e non te ne rendi nemmeno conto," mi sussurrò allora lei abbracciandomi con forza.

"Potrei dire la stessa cosa di te. Non ne hai idea. Cazzo, è dal primo istante in cui ti ho vista che ti voglio."

Mi baciò di nuovo e io continuai ad accarezzarla, a toccarle le cosce, a sfiorarle la schiena, risalendo fino a stringerle i seni pesanti attraverso il reggiseno. Lei sospirò. In risposta, tirai giù la prigione che li conteneva e liberai i due prigionieri, e mi presi il mio tempo per dedicare loro l'attenzione che si meritavano.

Mi sporsi in avanti per baciare i suoi seni mentre lei giocherellava con i miei capelli. La ricoprii di baci gentili, e poi, usando la punta della lingua, le stimolai il capezzolo. Leccai i suoi boccioli rosati fino a quando non si misero sull'attenti. Lei si slacciò il reggiseno e lo gettò via. Le accarezzai il corpo fino a ritrovare di nuovo i suoi seni nudi. Li strizzai con fare deciso. Le pizzicai i capezzoli e le massaggiai la carne calda e morbida. Lei si morse il labbro e mi si fece ancora più vicina. Il mio cazzo, duro come la pietra, era premuto contro le sue mutandine. Pulsò, come ad implorare di poter oltrepassare quella barriera.

I suoi seni ricaddero soffici sul mio petto e io feci scivolare le mani verso il basso per palparle il culo, strizzandole le natiche mentre lei si contorceva contro di me, stuzzicandomi fino a quando mi diventò difficile tenere gli occhi aperti.

"Donna, tu vuoi farmi impazzire," le dissi sibilando mentre lei continuava a strusciarsi contro la mia zona pelvica, strofinando la sua dolce fica contro la punta del mio cazzo. Uno sfregamento quasi insopportabile.

Dopo averla di nuovo guardata a lungo negli occhi, d'improvviso mi girai e la gettai sul materasso. Lei lanciò un gridolino sorpreso e si ritrovò distesa sul letto, un sorriso malizioso in volto.

"Pensavo dovessimo fare piano."

"Mai detto di stare completamente in silenzio."

Tenendomi sollevato su un gomito, mi posizionai di fianco a lei e la baciai di nuovo. Guastai un sentore di cioccolato dolce e birra maltata. Ci baciammo con passione. Le infilai la mano in mezzo alle cosce. Le infilai le dita nelle mutandine. Era calda al tocco, bagnata, e accogliente. Lentamente, la penetrai, lei sussultò, e il suo corpo si inarcò. Emise un flebile sospiro e le mie dita cominciarono a darsi da fare. La penetrai con fare deciso per un bel po' di tempo, baciandola mentre i suoi gemiti si facevano sempre più intensi, sempre più ravvicinati.

Ma nonostante io stessi provando a rallentare, Georgie mi afferrò il cazzo, questa volta con un'urgenza ancora maggiore. Con un movimento della mano lento ma deciso, per poco non mi fece perdere il ritmo.

Ormai non più in grado di resistere, le sfilai le mutandine, mi infilai il preservativo e mi misi sopra di lei. Lei spalancò le cosce per accogliermi, e io rimasi lì, a pochi centimetri da lei, mentre la punta del mio cazzo toccava le sue labbra bagnate.

"Ti voglio da morire," mi sussurrò graffiandomi il petto con le unghie.

"Sono qui," le risposi.

"Farai meglio a non spezzarmi il cuore," mi disse vicino all'orecchio e attirandomi a sé. Non sapendo cosa dire, decisi di agire per mostrarle esattamente come mi sentivo.

La penetrai lentamente, allargando le sue grandi labbra, affondandomi dentro di lei centimetro dopo centimetro. Lei mi gettò le braccia intorno al collo e io cominciai a scoparla. All'inizio la scopai lentamente, ma con movimenti decisi, fino in fondo. I nostri respiri intensi e silenziosi si fecero sempre più pesanti. Guardai i suoi occhi interrogativi, la guardai mentre si leccava le labbra, e le nostre bocche senza fiato si spalancarono. Lei si contorse sotto di me, e l'intenso desiderio che le illuminava gli occhi si fece ancora più feroce.

Si mordeva il labbro tra un gemito silenzioso e l'altro, e il suo piacere mi faceva eccitare in un modo indicibile. La voglia di esploderle dentro mi scosse come un maremoto.

Quando un gemito più rumoroso le scappò dalle labbra, rallentai e, per un secondo, le coprii la bocca con la mano. Lei alzò gli occhi al cielo, mi sorrise e mi mordicchiò il dito, infilandoselo in bocca. Glielo lasciai succhiare; ma poi ci feci rotolare entrambi sul materasso così che lei si ritrovò a cavalcioni sopra di me. Mi mise le mani sul petto e cominciò a muoversi. Toccò a me rompere il silenzio con un gemito profondo.

La sua fica mi stringeva con forza mentre lei si dimenava sopra di me. Gettò la testa all'indietro, muovendosi velocemente, ma senza sforzo. Saltellò leggermente sul mio cazzo, facendo su e giù, e regalandomi una vista del suo corpo ondeggiante che per poco non mi fece perdere il controllo. Un posto in prima fila per lo spettacolo migliore sulla faccia della Terra.

Provai a trattenermi. Volevo farlo durare il più a lungo possibile. Rallentando, le strinsi i fianchi e guardai i suoi magnifici seni che ondeggiavano al lieve ritmo che avevamo trovato. La guardai e le annuii, e lei gettò di nuovo la testa all'indietro e cominciò a muoversi sopra di me con maggiore vigore, ma anche più lentamente. Avevo le sue unghie conficcate nel petto, le sue cosce che mi strizzavano con forza. Mi irrigidii e lei allentò la presa, ma solo per un attimo: e subito tornò a muoversi per farsi penetrare fino in fondo.

Fece così ancora e ancora, sempre più a fondo, sempre più forte, usando il mio cazzo come un palo dei pompieri. Su e giù, su e giù. Chiusi le palpebre, contrassi le dita dei piedi... del tutto incapace di resistere anche solo per un altro secondo. Le sue natiche mi schiaffeggiarono le cosce un'ultima volta ed esplosi dentro di lei. Lei sussultò in silenzio e io la conquistai, penetrandola e permettendo alle sue sensazioni di prendere il sopravvento sul suo corpo. Mi crollò a dosso, come un palazzo appena demolito. La strinsi tra le braccia e continuai a penetrarla, martellando con il mio cazzo pulsante fino a quando lei non si irrigidì e venne.

Quando le nostre ondate di piacere cominciarono a ritrarsi, e la polvere finalmente si posò, i nostri respiri affannosi si calmarono, lei cadde al mio fianco e mi si accoccolò contro, accarezzandomi il petto.

"Oh mio Dio," mormorò.

"Sono d'accordo. È stato bellissimo," le risposi. "Tu sei bellissima," mi corressi. "Chi immaginava che farlo in silenzio fosse così eccitante."

Lei mi sorrise e mi baciò. "E chi si immaginava che mi sarei ritrovata con un vicino di casa così sexy," mi disse.

"Ah sì?" le chiesi mentre i miei pensieri di ridirigevano involontariamente alla sua casa.

Per un istante, lasciammo che i nostri respiri rallentassero, ognuno battagliando con il silenzio che regnava nella stanza.

"Derek. Che c'è che non va?"

"Niente. Va tutto bene."

"Dimmelo... ho fatto qualcosa di male?"

"No," le risposi, in parte mentendo. Non volevo rivelarle la verità, come lei mi avesse soffiato da sotto il naso la casa dei miei sogni. Perché al posto di quel sogno ne era sorto un altro.

"E allora che c'è? È per quella cosa che mi hai detto l'altro giorno? Sul fatto che vuoi trasferirti? Pensavo tu adorassi questo posto, no?"

Sospirai. "È così. Ma Kadee... non faccio altro che fare piani per stare con lei, e ogni volta è come se facessi un passo in avanti e due indietro."

"Quindi ti trasferiresti per stare con lei?"

"Senza pensarci un attimo. Tu non ti trasferiresti per stare con le persone che ami?"

"Credo di sì," disse lei pensandoci su. Si mise a sedere e, con un tono più sprezzante, mi disse: "Non posso credere che tu non riesca a vederla più spesso. Sembra tipo l'affidamento peggiore di sempre."

"Beh, non ci siamo mai veramente messi d'accordo per quanto riguarda l'affidamento. Karen ha preso e se n'è andata. Voleva seguire il suo sogno di fare l'attrice. Poi ha conosciuto quello stronzo... Io non ho nessuna voce in capitolo."

"Ma che stronzate sono? Tu sei suo padre," disse Georgie prendendomi per mano. "Hai dei diritti. Diamine, domani devo vedermi con la mia amica. Forse non so di cosa parlo quando si tratta di questo genere di cose, ma lei saprà cosa fare. Fa l'avvocato. Forse posso chiederglielo?"

"Non lo so..." L'ultima cosa che volevo era coinvolgere Georgie nei miei casini, ma forse questo era un segno. Ma nemmeno volevo pensare alle disastrose ramificazioni che avrebbero potuto sorgere con il coinvolgimento degli avvocati: e se avesse vinto Karen? E se non avessi più avuto l'opportunità di vedere Kadee? Ma la cosa sembrava promettente, da come diceva Georgie. "Pensi possa servire a qualcosa?"

"Ne sono certa. Quantomeno, devi provarci, no? Che ne dici se vengo qui domani sera e ne discutiamo?"

"Certo. Starai via tutto il giorno?"

"Perché? Già sai che ti mancherò?" Si infilò di nuovo tra le mie braccia.

"Forse," risposi timidamente. Le diedi un bacio sulla testa.

16

Georgie

*E*ra presto e dovevo andare in città per pranzare insieme a Fiona. Guardai la casa di Derek: calma piatta. Prima dell'alba ero riuscita a sgattaiolare via dal letto senza svegliare né lui né Kadee. E, con mia enorme sorpresa, quello che di solito viene chiamato "cammino della vergogna" non era stato per niente vergognoso. Era stata una nottata da far battere forte il cuore. Soprattutto la fine, nel suo letto, con le nostre mani e i nostri corpi che bramavano di nuovo di stare vicini. Dio, me lo sarei potuto scopare per tutto il giorno – da mattina a sera – strusciandomi sul suo cazzo come una ninfomane.

Era impossibile negare quanto già desiderassi vederlo di nuovo. Più tardi, mi dissi, immaginandomi mentre mi infilavo nella sua camera da letto dopo la mia gitarella in città. Non potevo deludere Fiona: avevo rifiutato già troppi inviti a pranzo. E così, sospirando, e leggermente colta dal rimorso, salii in macchina e partii.

Incontrarmi con Fiona era forse la cosa migliore che potessi fare. Avevo bisogno di un punto di vista esterno, avevo bisogno di sentirmi dire che ero una pazza per invischiarmi con papà single che aveva già i suoi problemi a cui pensare, per non parlare del bagaglio aggiuntivo rappresentato dalla sua ex. Kadee, tuttavia, era ben lungi dall'essere un peso... era una creaturina carina e adorabile. Ma ero pronta per entrare a far parte delle loro vite... nella sua vita? Era una grossa responsabilità. E, senza dubbio, frequentare Derek voleva dire sapere che lei faceva parte del pacchetto.

Sarei potuta diventare una matrigna?

Mi venne in mente quel pensiero così, fuori dal nulla. Ecco perché avevo bisogno di Fiona: stavo già viaggiando più veloce della luce, permettendo al mio cervello di andare a briglia sciolta. Per diventare la sua matrigna dovevo sposarmi con Derek e, diamine, noi due ci conoscevamo a malapena! Fiona aveva bisogno di dirmi che dovevo darmi una calmata.

Trovai Fiona fuori dal ristorante. Mi accolse con un abbraccio gioioso.

"Beh, qualcuna qui sembra bella pimpante questa mattina. Cazzo, sei radiosa."

"Ehi, pranzo con la mia migliore amica: certo che lo sono."

Ci sedemmo e, una volta presi i menu in mano, mi lanciò un'occhiata curiosa.

"Sento puzza di stronzate. No, tu mi nascondi qualcosa, ne sono certa. Non sorridi mai così tanto... a meno che..." Fece una pausa dev'effetto. "Ti sei data da fare, eh? Sei tornata a cavalcare, bella mia! Raccontami tutto, forza. Chi è il tuo cowboy?"

Mi guardai attorno, nervosa a causa del volume della sua voce, e provai a zittirla.

"Non mi zittire, sai," mi disse ridacchiando. "Oh, non me lo dire, lo so chi è. Quel bel manzo che vive di fronte a te, eh? Ottima mossa. Sono stati i jeans sbiaditi che ti hanno conquistata, eh? E tutti quei muscolacci... uno in modo particolare, ci scommetto. Su, sputa il rospo."

"Dio, sei sempre la stessa," le dissi. "E solo perché sono radiosa, non vuol dire per forza che mi stanno scopando in ogni maniera immaginabile."

"Ma è così, zoccoletta che non sei altro! Su, forza, i dettagli."

"Oh, non sono cose da chiedere a una signora."

"Beh, meno male che non sei una signora, allora."

"Alzai gli occhi al cielo. "Va bene, sì, hai ragione. L'abbiamo fatto. Sei contenta ora?"

"Non ancora. Ma lo sarò non appena ti deciderai a dirmi tutto."

"Non sono sicura di cosa ci sia da dirti."

"Non te la caverai così facilmente. Se non c'è niente da raccontare, allora perché sei così radiosa. Stai andando praticamente a fuoco! Tipo: ehi, io prendo lo stesso della signora!" disse Fiona facendo finta di chiamare una cameriera.

"Va bene, santo cielo. Hai intenzione di far sapere a tutto il ristorante che sono andata a letto con qualcuno? Va bene," dissi di nuovo, rassegnandomi all'interrogatorio. "Non lo so, è successo e basta. Pensavo si trattasse di una cosa da una notte e via, ma poi, ieri... Abbiamo passato una giornata splendida insieme, e poi..."

"E poi hai passato una nottata altrettanto splendida, eh?"

"Sì, una nottata perfetta. Forse anche troppo. Dio, Fiona, ha fatto questa cosa che... oh mio Dio, per poco non facevo venir giù le pareti a forza di urlare. Ma ho dovuto fare piano, sai, perché adesso con lui c'è la figlia. E così stamattina me ne sono andata come una ladra. Non potevo rimanere. Non so se Kadee sia pronta a vedermi mentre esco dalla camera di suo padre, e io e Derek non ne abbiamo parlato. Non c'è stata l'occasione." Notando la fronte corrucciata di Fiona, mi premurai di aggiungere: "Kadee è sua figlia. Ha cinque anni. È un amore, e lui è iperprotettivo."

Fiona annuì. "Ah, un papà single. Penso che la mia Georgie si stia prendendo una bella cotta, eh? E non solo per lui."

"Non è così semplice."

"E cosa è mai semplice?"

"È che non so cosa accadrà. Abbiamo cominciato questa cosa, ed è fenomenale, ma non posso innamorarmi di lui."

"E perché mai?"

"Penso che abbia intenzione di trasferirsi. E non intendo alla fine dell'isolato. Con sua figlia ha una situazione del cavolo. Lei vive sulla costa occidentale, e penso che lui voglia trasferirsi quanto prima per farle da padre come si deve. A tempo pieno."

"Glielo hai chiesto?"

"Beh, no, siamo tutti troppo impegnati per perdere tempo a parlare di queste cose."

"Certo, lo so. E tu sei stata anche troppo impegnata a saltargli addosso," disse Fiona scherzando. "Se solo ci fosse un modo semplice che ti permettesse di scoprire cosa sta succedendo." Si massaggiò il mento imitando uno scienziato pensieroso. "Lo sai, tipo, che ne so? *Chiediglielo*, cazzo! Ti piace, non è vero? Allora chiediglielo e basta. Non ci girare intorno. La vita è troppo breve per questo genere di stronzate."

"Forse," risposi esitando.

"Ma niente forse: fallo e basta, ragazza."

Rincuorata dalla sua sicurezza e dal suo parlare schietto, feci spallucce e annuii, mezzo d'accordo con lei.

"Comunque. Con la casa come va?" mi chiese poi.

"Ah, non me lo chiedere. Mi sembra di non riuscire a combinare niente. Tanti saluti alla casa dei miei sogni. Ci sono così tante cose da fare. Ma ce la farò, ne sono sicura. Vedrai, quella catapecchia diventerà una casa vera e propria."

"Ma non mi hai detto che questo tuo vicino ci sa fare con questo genere di cose? Mi sembra proprio che potrebbe utilizzare quelle sue mani anche per fare altre cose, no?"

"No, Fiona. Il punto è che io voglio fare tutto da sola. È il mio sogno. Piantare le mie radici, riuscire a badare a me stessa, darmi da fare. Voglio farlo da sola. Non voglio lasciar perdere e chiedere a lui di fare tutto il lavoro mentre io me ne sto seduta a rigirarmi i pollici."

"Io non ci vedo niente di male. E se ci lavoraste insieme? Così avreste la possibilità di passare un po' di tempo insieme e di sistemare casa tua allo stesso tempo. Due piccioni con una fava. Ogni tanto lo prendi in disparte... e gli fai dare un'occhiata alla moquette, sai?"

Scoppiai a ridere. Ripensai alla primissima notte con Derek. Avevamo quasi sfondato la parete della mia camera da letto.

"Te l'hanno mai detto che hai veramente una mente perversa?"

"Sì, tu, tutte le volte che ci vediamo," disse Fiona ridendo. "Ma dico sul serio. Ci sono troppe cose da fare, non puoi farcela da sola. Un po' di aiuto non ha mai fatto male a nessuno."

Ci pensai su, e l'idea di poter passare del tempo con lui e

Kadee mentre tutti e tre lavoravamo alla mia casa sembra decisamente divertente.

"È solo che non voglio che sia lui ad assumere il controllo. Quando si tratta del suo lavoro, della sua passione, è il classico tipo so-tutto-io, o mangi la minestra o salti dalla finestra. Ma forse hai ragione..."

"Due punti per me!"

La ignorai e proseguii: "Potrei chiedergli di darmi una mano. Io l'ho aiutato con Kadee... Dio, è così dolce, lo farei tutti i giorni. Un piccolo scambio. Anzi, ora che mi ci fai pensare, c'è una cosa di cui devo parlarti. Che ne sai tu delle battaglie legali per l'affidamento dei minori?"

"Mhmm, diritto familiare. Ne so qualcosa, ma non abbastanza. Conosco un tizio. Perché?"

"Non riesce mai a vedere la figlia, e insieme stanno benissimo. Lei vive in California con la mamma, e lui rimarrà col cuore spezzato quando lei se ne andrà a casa. Il che accadrà presto, da quanto ho capito. Kadee ora è qui solo perché l'ex di Derek si è risposata e gliel'ha mollata all'ultimo minuto per potersene andare in luna di miele."

Fiona si accigliò. "Posso provare a contattarlo, quel tizio mi deve un favore in ogni caso.

"Grazie, sei la migliore."

"Che ne dici se ora ci rimpinziamo? Guarda quanto ben di Dio," disse brandendo il menu con fare drammatico e girandosi per intercettare il primo cameriere che riuscì a trovare. "Potrebbe portarci un paio di Screwdiver? A me lo faccia doppio: non è mica giusto che la mia amica qui sia l'unica a ballare la rumba," disse ammiccando.

17

Derek

Sapendo che mia madre – e così anche mio padre – mi avrebbe ammazzato se non le avessi concesso di passare un po' di tempo con Kadee mentre era qui, gliela portai così che la piccola potesse divertirsi con i suoi nonni.

Mia mamma aveva già programmato tutto: avrebbero preparato qualche dolce al forno e si sarebbero dedicate al giardinaggio, e, sebbene Kadee non morisse proprio dalla voglia di stare con loro, mi era bastato menzionarle i biscotti per farle cambiare velocemente idea. A onor del vero, Kadee non conosceva bene i miei genitori, quindi era normale che fosse leggermente nervosa. Ma io avevo un lavoro che non potevo permettermi di saltare, nonostante tutti i piagnistei di Kadee. Tuttavia, mia madre, grazie a tutte le attività che le promise e al modo caloroso in cui la accolse, riuscì a convincerla che valeva la pena di passare la giornata con i suoi nonni. Abbracciai e baciai la mia piccolina, ringraziai mia madre e corsi subito via.

Ovviamente, la mia solita fortuna volle che, proprio mentre mi stavo dirigendo al lavoro, il cliente mi chiamò per annullare. Alcuni ritardi con le tubature, e di me quindi non avrebbero avuto bisogno almeno per un'altra settimana. Imprecai, feci inversione a U e pensai a come spendere la giornata.

Ecco felice di poter permettere a Kadee di stare un po' con i nonni, e sapevo che i miei genitori erano a dir poco estasiati all'idea. E io non potei fare a meno di desiderare che fosse sempre così: che Kadee fosse sempre qui con me, che potesse giocare fuori in giardino, all'aria aperta, e che potesse conoscere anche la mia, di famiglia. Forse conoscere qualcuno dei suoi cuginetti. Ma sapevo che con ogni probabilità ciò non sarebbe mai successo. Ormai mi ero rassegnato: sapevo che, se volevo vedere mia figlia più di una o due volte l'anno, allora dovevo trasferirmi sulla costa occidentale.

Decisi di lasciar stare i miei genitori e pensai a Georgie. Sebbene, in tutta onestà, non avevo mai smesso di pensare a lei. Ripensare al tempo che avevamo passato insieme mi aiutava ad alleviare i miei timori, a infondermi una nuova speranza. C'era qualcosa in lei che bramavo con tutto me stesso. Il suo atteggiamento testardo mi faceva andare fuori di testa; eppure, non l'avrei voluta in nessun altro modo.

Imboccai il vialetto pensando che mi sarebbe piaciuto un sacco fare qualcosa di carino per lei mentre non c'era, mostrarle il mio affetto, dirle grazie per avermi aiutato a rallentare e a godermi le piccole cose, invece di farmi sempre consumare dall'ansia e dalla preoccupazione. Guardai la sua casa vuota e mi venne in mente un'idea. Forse il modo migliore per riuscirci era fare ciò che sapevo fare meglio. Annuendo, balzai fuori dal furgone, recuperai l'occorrente dal garage, mi infilai la mia cintura con gli attrezzi e mi misi al lavoro.

Stavo sradicando i gradini del porticato quando mi squillò il cellulare.

"Derek, ehi, mi senti? Dio, la ricezione fa schifo."

"Karen?"

"Sì, okay, non ho molto tempo. Torniamo prima dalla luna di miele. C'è un uragano in arrivo, dobbiamo sloggiare e alla svelta."

"Ma sei seria?"

"L'unico volto che siamo riusciti a trovare ci porta domani sulla costa est, ma va bene. Così veniamo da te, ci riprendiamo Kadee e prendiamo il primo aereo per tornare a casa."

"Cosa? Ma ho un'altra settimana insieme a lei."

"No, non ce l'hai se la riportiamo con noi a casa. Io sto qui che devo scappare da un pericolo imminente e tu ti preoccupi di un'altra settimana da babysitter?"

Come al solito, il suo tono indifferente non fece altro che irritarmi. "Io non faccio il babysitter. È mia figlia, porco diavolo!"

"Beh, sono sicuro che vi sarete divertiti un mondo a dare le martellate ai chiodi, ma ora è tutto deciso. Ti faccio sapere a che ora arriviamo. Senti, io devo andare, qui è un vero e proprio macello."

Infuriato, sbattei per terra l'asse di legno che avevo in mano prima che mi venisse la tentazione di spaccare qualcosa. Restai lì, in piedi, a strizzare nella mano il mio telefono cellulare, provando a metabolizzare la notizia. Io volevo Kadee nella mia vita, era sempre stato così, ma questa settimana passata insieme era stata così bella che la sola idea di doverle dire addio così presto mi faceva mancare il respiro.

Avevamo già fatto tutti i nostri piani per la prossima settimana. Non riuscivo nemmeno a pensare a che faccia avrebbe fatto quando le avrei detto che dovevamo cancellare tutto.

Doveva esserci un altro modo.

Mi rimisi al lavoro, sempre lottando con i miei pensieri. Cosa sarebbe successo se non fossi riuscito a trasferirmi vicino a lei? E che ne sarebbe stato di Georgie, se l'avessi fatto? Ottenere l'affidamento della mia piccolina sarebbe stato difficile, e mi sembrava che il tempo stesse per scadere. Le cose erano un tale disastro... e pensare che solo ieri tutto mi sembrava un magnifico sogno!

Persi la cognizione del tempo. Il lavoro col portico di Georgie andava a rilento, la mia mente non faceva che saltare da un problema all'altro e, come riflettendo il mio umore, il tempo volse al brutto e cominciò a piovere a dirotto. L'acqua lavò il portico e decine di pozzanghere cominciarono a formarsi a causa di tutta la terra che avevo smosso. Il giardino cominciò ad assomigliare a una palude, con legno marcio e fango da tutte le parti.

Meraviglioso. Con questa pioggia, non avrei potuto sistemare le fondamenta di cemento, e il lavoro sarebbe slittato di diversi giorni. Non esattamente il benvenuto che avevo in mente per Georgie.

"Ma che diavolo stai facendo?" sentii gridare alle mie spalle, e poi la portiera di una macchina che veniva sbattuta.

In piedi sotto la pioggia, ispezionando il mio lavoro lasciato a metà, non mi ero accorto che Georgie era tornata. Ma ora era lì, e mi stava venendo incontro con uno sguardo sconcertato e adirato in volto.

"Ehi, Georgie. Non volevo fare tutto questo macello. Pensavo saresti tornata più tardi."

"Oh, scusa. Ti serviva più tempo per farmi a pezzi la casa?"

"Aspetta un attimo. Avrà un aspetto magnifico, una volta finito. E lo sai anche tu che quei gradini sono pericolosi. Volevo solo aiutarti."

"Sì, lo so benissimo. Che cosa pensi che abbia nel furgone? Ho comprato tutto quello che mi serve. Ci penso io, non mi serve il tuo aiuto. Che credi, che se dormiamo insieme allora puoi fare quello che ti pare? Io volevo aiutarti con Kadee, ma solo perché tu lo sapevi. Non ho agito alle tue spalle."

"Forse nemmeno io ho bisogno che tu ti impicci degli affari miei. Diamine, se tu non avessi comprato questa casa, io starei alla grande! Le cose andavano a meraviglia prima che arrivassi tu!" le risposi, le mie parole affilate dalla frustrazione che si era andata accumulando.

Si accigliò di nuovo, sempre più arrabbiata. "E questo che cosa cazzo vorrebbe dire?"

"Vuol dire che tu hai rovinato tutto, va bene? Come fanno sempre le donne!"

"Basta così." Non voleva sentire un'altra parola. Mi zittì con un gesto della mano e, infuriata, si diresse verso la porta sul retro. Questa volta non la guardai mentre se ne andava. Ero troppo arrabbiato per rimangiarmi quello che le avevo detto. Radunai i miei attrezzi e me ne andai a casa.

Seriamente: com'era possibile che ogni volta che volevo aiutarla le cose volgevano sempre al peggio? Facevo meglio a starne fuori? Se Kadee doveva andarsene presto, sapevo che l'unica cosa da fare era ricominciare a pensare a come fare per trasferirmi. Non sapevo nemmeno quale fosse il posto di Georgie in tutta questa storia... ma non potevo preoccuparmi di lei, o di come lei reagiva sempre in modo sproporzionato. Non ora. Si stava facendo tardi e dovevo andare a riprendere Kadee. Se domani era l'ultimo giorno che potevo passare insieme a mia figlia, ogni secondo era importante.

―――

"Papà!"

Mia madre aprì la porta e Kadee mi corse incontro per abbracciarmi.

"Ehi, piccola, come stai? Ti sei divertita?"

"È stata un amore," rispose mia madre.

"Mi piace la mia nuova nonna. Mi ha lasciato mangiare l'impasto dei biscotti, e poi due biscotti caldi, ma ne abbiamo messo da parte qualcuno per te, e anche per Georgie."

"Oh, ma come sei dolce. Vuoi condividerli con noi, eh?"

"Questa Georgie sembra carina. Niente di cui dovrei essere messa al corrente? È tutto il giorno che sento parlare di lei. Sembra un vero tesoro, di gran lunga più di chi sai tu." L'odio malamente velato di mia madre nei confronti della mia ex fece di nuovo capolino, per l'ennesima volta.

Strinsi Kadee tra le mie braccia e mi girai per farle scudo dal tono acido di mia madre. Le lanciai uno sguardo teso a placare gli animi. Questa sera era meglio se non mi mettevo a parlare di Georgie. Né di Karen, a pensarci bene.

"Lo sai che starebbe di gran lunga meglio qui, con la sua famiglia. Voglio dire: guardatevi."

Provando a non far trapelare nessuna emozione dal tono della mia voce, tossii e le dissi: "Andrà tutto bene, mamma, non ti preoccupare. Dovremmo andare a casa," digli per interrompere qualsiasi discussione sul nascere.

Mia madre, addolcendosi, mi dette la scatola con dentro

i biscotti. La ringraziai e le diedi un bacio sulla guancia per salutarla.

Una volta riportata Kadee a casa, mi decisi a spiattellarle la notizia dell'arrivo di sua madre e della sua partenza prematura. Emisi un sospiro, la feci sedere sul divano e le dissi:

"Kadee, tesoro. Questa settimana ci siamo divertiti un mondo io e te, eh?"

"Uh-huh," rispose lei con un sorriso, sebbene fosse chiaro che il suo intuito da bambina le avesse già detto che papà aveva in serbo brutte notizie. "Non voglio tornare a casa. Voglio stare qui. Per sempre."

Il suo piccolo commento mi trafisse il cuore come una freccia appuntita. Nemmeno io volevo rimandarla a casa. Volevo tenerla qui con me. Per sempre.

"Lo so, tesoro. Ma il fatto è che la mamma dopodomani verrà a prenderti."

Kadee si scurì in volto, e io sentii il cuore che mi doleva nel petto.

"No, no, non voglio. Perché non posso stare qui con te, papà?" I suoi occhi si stavano già riempiendo di lacrime, e così anche i miei, e il nodo che mi si formò in cola mi implorò di non dire nemmeno un'altra parola.

"Andrà tutto bene, tesoro. Tornerai a casa dai tuoi amici, nella tua cameretta, con tutti i tuoi giocattoli."

"Anche questa è casa mia. Qui mi piace di più. Georgie è mia amica," disse Kadee singhiozzando tra le lacrime.

"Sì, lo è, e tu le piaci veramente. Ma Georgie ha la sua vita, e tu devi tornare a casa. Ti prometto che verrò da te il prima possibile. Ti voglio così bene, piccola mia." La abbracciai con forza e lei cominciò a piangere a dirotto. "Va tutto bene. Andrà tutto bene," le dissi, chiedendomi se forse stavo mentendo alla mia bambina. Come poteva andare tutto bene, quando lei viveva a centinaia di miglia da me?

"Possiamo andare a trovare Georgie?" mi chiese Kadee dopo aver speso quella che sembrò un'eternità a piangere.

"Non penso che stanotte potremo vederla. Ma ti prometto che domani la andremo a trovare." In qualche modo...

18

Georgie

Che svolta che aveva preso la mia giornata. Ero tornata a casa dal pranzo con Fiona pronta a raddrizzare la mia vita, a viverla pienamente. Ero pronta a mettermi a lavorare alla casa, pronta a parlare con Derek, e pensavo di poterlo indirizzare sulla via giusta per ottenere l'affidamento di sua figlia.

Ma il nostro scontro sotto la pioggia – il più intenso fino ad ora – mi aveva lasciata a dir poco sconcertata. Di sicuro stasera non sarei andata da lui come ci eravamo detti. Stavo evitando persino di guardare fuori dalla finestra per non dover posare gli occhi sulla sua casa, e anche per ignorare il casino che mi aveva combinato con i gradini del portico.

Forse, sarebbe stato meglio se si fosse trasferito. Non eravamo fatti l'uno per l'altra, eravamo troppo diversi, volevamo cose troppo diverse. Le nostre discussioni erano decisamente troppo animate. E lui doveva stare con Kadee, se era questo quello che desiderava – e non c'erano dubbi su come la pensasse lui al riguardo. Ma non riuscivo a scrollarmi di dosso quella sensazione assillante che mi diceva che, nonostante tutte le nostre discussioni, io lo volevo ancora.

Sentendo il bisogno di sfogare tutta la rabbia accumulata, decisi di demolire il muro di cartongesso nella stanza sul retro che andava sostituito. Non l'avrei sostituito tutto oggi, ma vabbè: avevo bisogno di tenermi occupata. E cosa era meglio di dedicarmi a un po' di sana distruzione? Lavorai per ore, compiaciuta dalla mia stessa produttività, e la rabbia, lentamente, cominciò ad abbandonarmi.

Feci un passo indietro e mi concedetti il lusso di sentirmi speranzosa. Immaginai tutte le migliorie che potevo apportare alla stanza, e cominciai persino a pensare al colore che avrei potuto usare per dipingere la nuova parete.

Con le braccia stanche e la luce che cominciava a scivolare via, misi insieme uno spuntino alla bell'e meglio, presi un barattolo di gelato e me infilai sotto le mie coperte insieme al mio laptop per rilassarmi. Gli show che guardai non riuscirono a non farmi pensare a Derek e alla bambina alla quale mi ero già affezionata. In qualche modo, però, riuscii ad addormentarmi. Ma non dormii bene: Derek non fece altro che apparirmi in sogno.

Il mattino giunse con un coro di uccellini accompagnato da dei rumori al piano di sotto. Il sole era a malapena sorto, e il mondo esterno sembrava quieto e silenzioso; eppure, sentii di nuovo del rumore. Che veniva da dentro la mia casa. Tesi l'orecchio chiedendomi se me lo fossi sognato, e no, non me l'ero sognato: era il rumore inconfondibile di cose che venivano spostate in cucina.

Presa dal panico, mi misi a sedere sul letto. C'era qualcuno in casa mia. L'adrenalina mi pompò nelle vene. Pensai a cosa potessi fare nel caso ci fosse un intruso in casa mia. Avevo lasciato il cellulare di sotto, ma dovevo pur fare qualcosa. Non potevo restarmene a letto, nascosta.

Senza fare il minimo rumore, andai verso il pianerottolo per sentire meglio. La casa si fece di nuovo silenziosa. Presi il martello che avevo lasciato nella stanza sul retro e, gradino dopo gradino, scesi lentamente le scale, stando attenta ad evitare le assi scricchiolanti che avevo imparato a riconoscere. Sbirciai da dietro il corrimano. Vidi chi era; e il cuore mi balzò in gola.

"Kadee! Ma che ci fai qui?" esclamai scioccata ma al tempo stesso sollevata.

"'Giorno, Georgie," mi disse lei col suo tipico adorabile modo di fare.

"Il tuo papà dov'è? Non dovresti essere qui da sola, eh?"

"Sta dormendo. Mi ha promesso che oggi potevo vederti."

"Okay, ma non dovresti uscire da sola," dissi provando a decifrare la sua spiegazione. La promessa di Derek di certo non comportava lei da sola nel mio appartamento a quest'ora del mattino.

"Possiamo fargli i pancake? Sarebbe così bello. Penso che il mio papà sia triste," disse lei stringendosi al petto una bottiglia di sciroppo d'acero che doveva essersi portata da casa.

Non ero pronta ad affrontare le emozioni ridestate da questa situazione. Perché era triste? Per colpa mia, perché stupidamente ero sbottata e gli avevo urlato contro, cosa di cui già cominciavo a pentirmi? Non riuscivo a credere che questa bambina fosse venuta qui tutta da sola sperando di poter porre rimedio ai nostri problemi. Era ovvio che Derek aveva un sacco di cose a cui pensare, e che ciò stava ricadendo anche su Kadee. Potevo mettere da parte la mia delusione, giusto per un momento. L'unica cosa che ora importava era questa bambina indifesa che avevo davanti a me.

"Okay, penso di avere tutto l'occorrente. Ma dobbiamo fare in fretta, così ti riporto subito a casa. Si preoccuperà se si accorge che sei uscita. Hai detto che sta ancora dormendo?"

"Uh-huh," annuì lei con confidenza. "E russa."

Ci mettemmo subito al lavoro. Adoravo averla qui con me. Si mise a ridere vedendo il macello che avevo combinato per preparare la pastella, e poi rise ancora più forte quando usai quella stessa pastella per sporcarle la punta del naso. Impiattammo i pancake e, a quel punto, lei si fece silenziosa e mi abbracciò la gamba. Per caso stava piangendo?

"Ehi, Kadee, che c'è? Che succede?"

"Niente," rispose, incapace di guardarmi.

"Non ti preoccupare, non si arrabbierà, ma dobbiamo sbrigarci. Sei pronta per portare questi dal tuo papà?"

Lei annuì e si asciugò il visino. Uscimmo passando dalla porta sul retro e cominciammo a sentire le grida provenire dalla strada. Mi sentii stringere il cuore. Non eravamo state abbastanza veloci.

"Kadee! Kadee!" Era Derek, e sembrava completamente in preda al panico.

Presi Kadee per mano e accelerai il passo. "Andiamo, su."

Facemmo il giro della casa e vedemmo Derek che faceva avanti e indietro lungo la strada. Ci vide, e subito si sentì rincuorato, si rilassò e ci corse incontro, a piedi scalzi.

"Kadee, non puoi fare così. Sono morto di paura."

"Ti abbiamo preparato i pancake. Volevo farti una sorpresa."

"Beh, grazie, tesoro, ma non lo fare mai più," la implorò lui abbracciandola.

"Mi dispiace. Me la sono ritrovata in casa. E poi mi ha chiesto di prepararti i pancake... pensavo fosse okay. Te la stavo riportando. Con me è al sicuro, spero tu lo sappia questo," dissi io farfugliando e colta da un improvviso senso di colpa causato dall'angoscia che gli avevo causato.

"Va tutto bene, ti ringrazio. Sono solo contento che stia bene. Pancake, eh?"

Il panico nella sua voce era scemato, ma ora sembrava distante. Parlò senza mai alzare lo sguardo. Il suo modo di fare mi mise addosso una pesante sensazione di disagio dalla quale volevo fuggire a gambe levate.

"Sì..." dissi io esitando, rendendomi improvvisamente conto dell'assurdità della situazione: noi tre, in piedi in mezzo alla strada, con indosso il pigiama e un piatto di pancake in mano.

Kadee era al sicuro, e io non volevo far altro che fuggire dall'imbarazzo causato da questo momento. Mi sentivo completamente fuori luogo. Gli diedi i pancake ma, con Kadee lì che mi guardava, sapevo era impossibile evitarlo.

"Non vieni con noi, Georgie? Ti prego," mi chiese dolcemente e prendendomi per mano.

Senza volerlo, tirai via la mano in modo brusco. L'ampio sorriso che le illuminava il viso svanì. Io cercai di controllare le mie emozioni. Ma dovetti ricordarmi che loro non erano miei. Non erano la mia famiglia. E non potevo affezionarmi a loro più di quanto non avessi già fatto, non sapendo che probabilmente li avrei presto persi.

"Non questa mattina, Kadee. Devo andare a vestirmi, ho un sacco di cose da fare. Goditeli assieme al tuo papà," le dissi con un finto sorriso.

"Ma..."

"Andiamo, Kadee. Non ti sei messa nemmeno le scarpe. Entriamo in casa." Derek mi fece un cenno con la testa, forse un cenno di approvazione – o di addio? Ad ogni modo, era chiaro che non voleva che passassi la mattinata insieme a loro. Risposi al saluto entusiasta di Kadee facendole ciao con la mano e poi, col cuore a pezzi, mi girai per tornarmene a casa.

19

Derek

Ecco. Il mio ultimo giorno. Le mie ultime ore insieme a Kadee, e non avevo idea di quando sarei riuscito a vederla di nuovo. Anche se fossi riuscito a portare avanti il mio piano di comprare una casa, ristrutturarla e venderla, dopo quello che era successo con la casa al di là della strada ci sarebbero voluti dei mesi prima che mi potessi trovarmi nella posizione di traslocare. La casa di Georgie, mi dissi. C'era anche un'altra cosa che dovevo fare... dovevo andare a chiederle scusa. Aveva ogni diritto di essere arrabbiata con me, ma io non avevo fatto altro che abbandonarmi alla frustrazione e a sfogarla su di lei.

Kadee si trascinava in giro per la casa stringendo Herbert, il suo orsacchiotto, tra le braccia. Era come se non sapesse più quale fosse la sua casa, come se l'ansia le impedisse di rilassarsi. Vederla così mi spezzava il cuore – come mi spezzava il cuore sapere quale fosse ora la mia situazione con Georgie. Lei era stata un raggio di speranza del quale mi ero invaghito, ma il sogno di una vita tutti noi tre insieme non aveva posto nella realtà. Una semplice fantasia passeggera. Ed era giunto il momento di tornare nel mondo reale. E in questo mondo reale dovevo vendere una casa e guadagnare abbastanza soldi per trasferirmi sulla costa occidentale, così da poter vedere mia figlia crescere, essere lì per lei – era l'unico futuro possibile, giusto? Sarei stato costretto a fare del mio meglio con qualsiasi casa o appartamento che fossi riuscito a trovare. E probabilmente mi sarei ritrovato a dover prendere un posto in affitto, gettando altri soldi fuori dalla finestra. Tanti saluti al mio sogno di comprare una casa simile a quella che avevo qui. Sarebbe costata troppo. Quattro volte tanto, stando all'ultima volta che avevo controllato.

Kadee era pronta a partire, la sua presenza all'interno di questa casa ormai era tutta nascosta all'interno di uno zaino, oltre a qualche altra borsa che conteneva vestiti di scorta, giocattoli e roba varia che aveva accumulato nel relativamente breve periodo che aveva trascorso insieme a me.

Lasciai che i miei occhi vagassero in giro per la stanza e mi accorsi di quando vuota e silenziosa sarebbe stata nei prossimi giorni. Pensai alla sua nuova bici, che se ne sarebbe rimasta a prendere la polvere in un angolo del garage, ad arrugginire, inutilizzata. Pensai a tutte le imbottiture, a come la mia coraggiosa bambina mi aveva dimostrato di non averne bisogno. Non avrei più potuto guardare fuori dalla finestra e vederla pedalare allegra lungo la strada. Morivo dalla voglia di continuare a sentire la sua risatina che echeggiava per la casa, di vedere il suo sorriso luminoso. Ma oggi non la giornata adatta per poter godere di quelle cose.

Karen arrivò poco prima delle due, un po' prima del

previsto. Lei e Brian, il suo nuovo marito, scesero dalla loro lussuosa macchina presa a noleggio e si guardarono in giro con aria quasi disgustata. Questo era un quartiere piccolo in una piccola cittadina, con palizzate di legno e alberi carichi di foglie. Li guardai da dietro la finestra del mio soggiorno. Avevano l'abbronzatura e la smorfia soddisfatta e boriosa di chi è appena ritornato da un paradiso tropicale. Negli occhi, il disprezzo per la noiosa normalità alla quale erano ritornati. Io non andavo d'accordo con la mia ex – per non parlare del suo nuovo marito. Era testarda, ostile, e lui era così pretenzioso da detestare tutto ciò non reputasse al proprio livello. In un certo senso, erano fatti l'uno per l'altra, e non avevo proprio idea di come la mia Kadee fosse riuscita a rimanere così dolce.

Pensai a come potevo fare per sbrigare questa faccenda interagendo con loro il minimo possibile. Mi immaginai tipo uno scambio di ostaggi in autostrada, ognuno che si teneva a distanza dagli altri, con me che dovevo consegnare loro Kadee senza però ottenere nulla in cambio. Karen, tuttavia, si stava già dirigendo verso la porta, e io non ebbi altra scelta: dovevo sbrigarmi e farla finita prima che il mio cuore si spezzasse ulteriormente. Chiamai Kadee per farla scendere al piano di sotto e mi preparai ad affrontare la tempesta.

"Ehi, come va, siamo arrivati prima," furono le prime parole di Karen.

Sì, certo: non potevi nemmeno darmi cinque minuti extra, eh? Puttana egoista.

"Karen, Brian," li salutai senza entusiasmo.

"Ehi Derek, come va? La casa è proprio bella, ma è più piccola di quanto ricordassi," rispose Brian, apparentemente ignaro della gravità della situazione per tutte le altre persone coinvolte.

"Quindi? Dov'è?" mi chiese Karen con i suoi soliti modi bruschi. "Dobbiamo partire subito, su. Questo è solo un veloce pitstop."

"Scende subito. Kadee, tesoro!" mi girai per chiamarla.

Kadee apparve in cima alle scale e ci guardò. Con una mano trascinava lo zainetto sul pavimento, e con l'altra stringeva Herbert, che aveva l'aspetto macilento di un orsacchiotto che aveva perso la voglia di vivere ed era pronto a farsi rimuovere l'imbottitura che lo teneva su.

"Kadee, su, forza. Dobbiamo andare a prendere l'aereo. Non possiamo fare tardi," le disse Karen.

Kadee cominciò la sua lenta discesa. Io fissai Karen in faccia. Provai a ricordarmi quand'era stata l'ultima volta che si era rivolta a nostra figlia in modo affettuoso. Non faceva altro che abbaiare ordini e aspettarsi testardamente dei risultati.

"Sbrigati, Kadee, non abbiamo mica tutta la giornata," le disse Brian emettendo un sospiro impaziente. "Vieni a vedere che bella macchina. Forse, quando torniamo a casa, facciamo un bel upgrade, eh?" aggiunse. Ah, che utile contributo, pensai amaramente.

I loro tentativi senz'anima di portarmi via la mia bambina non fecero altro che farmi arrabbiare ancora di più.

"Ancora non riesco a credere che me la stai portando via questa settimana. Veramente, non hai idea di quanto detesti questa situazione," mi ritrovai a dire, sempre più arrabbiato.

"Oh, Derek, rilassati. Ci togliamo subito dai piedi, se solo la piccola milady qui si dà una mossa," mi rispose Karen liquidandomi con un gesto della mano. Batté il piede sul pavimento, dimostrando chiaramente la propria impazienza. "Che problema ha? Le hai dato da mangiare dello zucchero? È così letargica..."

Ignorai il suo commetto e mi girai verso di lei, impedendole di entrare in casa. "No, tu non mi liquidi così. Ma mi stai a sentire? Ovvio che no. Perché mai dovresti stare a sentire qualcosa che non riguarda la piccola vita perfetta di Karen? Beh, io ne ho abbastanza. Penso che sia giunto il momento che cominci a lottare per mia figlia."

Kadee si fermò a metà della scalinata.

"Comportiamoci da persone civili, eh?" disse Brian. Cercava sempre di evitare i conflitti e le discussioni, e non perché si preoccupasse per gli altri, ma solo per amore della propria sanità mentale. "Kadee, andiamo. Subito!" aggiunse rimproverandola con un tono serio.

"Veramente, vuoi metterti a discutere per lei proprio ora? Non hai mai lottato per niente in vita tua. Non hai idea di come si cresce un bambino."

Brian mi passò di fianco e salì le scale.

"Andiamo, Kadee, forza," disse provando ad afferrarla per un braccio e a trascinarla giù per le scale.

"Non ti azzardare a toccare mia figlia."

Fece un passo indietro e sollevò le mani. "Voglio solo rendermi utile. Che ne dite se vado di sopra e controllo se si è dimenticata qualcosa?"

"Ottima idea!" gridammo Karen e io allo stesso tempo, sempre guardandoci in cagnesco.

"Vuoi che ti aiuti, Kadee?" le disse lui. Lei annuì mestamente e poi corse di sopra.

Uscii fuori. Non volevo che Kadee ci sentisse discutere. Karen mi seguì e io chiusi la porta. Lei fece un passo indietro per mantenere le distanze tra di noi.

"Beh, ora ho intenzione di lottare," le dissi riprendendo il discorso. "Kadee è anche mia figlia, e io sono un buon padre. E tu non mi permetti di stare con lei. Ma io ho dei diritti, Karen. Ed è ora che troviamo un accordo per l'affidamento."

"Va bene, lotta pure quanto ti pare. Pensi che farà qualche differenza? Non vincerai," mi gridò di rimando, usando un tono difensivo e arrabbiato.

"Lo vedremo chi vincerà."

Non avevo idea di cosa sarebbe successo, ma quel flebile bagliore di speranza che Georgie aveva ridestato dentro di me ora ardeva come una fiaccola luminosa che mi illuminava la strada in un tunnel tenebroso. Potevo ristrutturare una casa da cima a fondo, ma mi ero sempre sentito a disagio in mezzo agli avvocati. Tutta quella roba legale andava al di là della mia comprensione. Ma ora ero disposto a tutto.

"Beh, sembra che ora non abbia intenzione di andare da nessuna parte," disse Brian riapparendo sul portico. "Si è chiusa in bagno. Non vuole uscire."

———

LA PREOCCUPAZIONE EBBE la meglio e abbandonammo le nostre ostilità. *Brava la mia bambina*, pensai mentre andavamo a vedere cosa stesse succedendo. Mi venne quasi da ridere pensando all'astuzia di Kadee, ma riuscii a darmi un contegno. Condussi Karen e Brian al piano di sopra e ci radunammo di fronte alla porta del bagno. Karen e io ci accovacciamo tendendo l'orecchio per captare i movimenti all'interno.

"Kadee. Tesoro. Sono papà. Stai bene?" le chiesi con voce calma.

"Uh-huh," fu la sua risposta.

"Vuoi venire fuori?"

"No!" gridò lei singhiozzando.

"Kadee, non fare la sciocca. Se non vieni immediatamente fuori mi arrabbio. Sono seria."

"Vattene!"

"Non vuoi tornare a casa?" aggiunse Karen, e il suo tono di voce aggiunse una perversa dolce tonalità che fece ben poco per celare il suo fastidio. Se questo era il meglio che sapeva fare, stavamo freschi.

"No. Io ti odio. Lasciami in pace. Io voglio restare qui con papà!"

Karen sollevò le braccia al cielo con un gesto esasperato e guardò Brian, che si era posizionato dietro di noi e non aveva detto una parola. Si appoggiò al corrimano, guardò Karen e fece spallucce. Questi due erano veramente due genitori completamente inutili.

"L'hai convinta ad odiarmi."

"Ma non è affatto vero! Solo tu puoi pensare una cosa del genere. Non cominciare con queste stronzate. Hai fatto tutto da sola," le risposi a bassa voce così da non farmi sentire da Kadee. "Ti sei mai fermata a pensare a quanto è infelice lì in California insieme a te?" Senza attendere la sua risposta, mi rivolsi di nuovo verso la porta. "Kadee? Tesoro?" dissi ascoltando attentamente i suoi singhiozzi soffocati. "Tesoro, che cosa vuoi fare?"

"Voglio vedere Georgie," fu la sua risposta.

Restai lì, sconcertato dalla sua risposta del tutto inattesa, senza sapere se fosse possibile o persino consigliabile.

"Chi diavolo è Georgie? Il suo orsacchiotto?" mi chiese Karen. Di fronte a questa palla curva che le era stata appena lanciata da dietro la porta del bagno, la sua esasperazione tornò a farsi ostile.

"No, non è un peluche. È la nostra vicina di casa. Potrebbe essere d'aiuto," dissi alzandomi.

Karen fece lo stesso. Era sconcertata, glielo si leggeva in

faccia. Guardò Brian in cerca di supporto, ma lui si limitò a starsene lì, con un'espressione impassibile, gli occhi rivolti verso il muro, annoiato dalla situazione in cui si era ritrovato. Secondo me di figli nemmeno ne voleva.

"Se può aiutare, la vado a chiamare. Se no, forse magari parlo con Kadee da solo, e vediamo se riusciamo a risolvere la situazione," dissi abbassando di nuovo la voce.

Karen fece spallucce. "Fa' quello che ti pare, sfonda la porta, se devi. Quella piccola mocciosa viziata ci farà perdere l'aereo."

Strinsi i pugni. Come faceva a pensare una cosa del genere di mia figlia? Si era mai presa la briga di conoscerla, di passare un po' di tempo con lei? Sì, a volte si lasciava andare ai capricci – aveva pur sempre cinque anni – ma chiamarla mocciosa viziata? Diamine, no. Emisi un lungo sospiro e decisi che quello non era il momento adatto di mettermi a battagliare. Se l'avessi fatto, uno di noi si sarebbe ritrovato a ruzzolare giù per le scale.

"Kadee, torno subito, okay?" dissi rivolgendomi alla porta, e poi me ne andai, lasciando Karen e Brian che borbottavano tra di loro.

Corsi a casa di Georgie e guardai con disapprovazione il disastro che avevo combinato con il suo portico. C'erano così tante cose da risolvere che non sapevo nemmeno da dove cominciare. Avevo sperato di potermi tenere in disparte, lasciare che le acque si calmassero per conto proprio, e poi, forse dopo aver risolto le cose con Kadee, sarei potuto venire a scusarmi, a cercare di rimediare. Tuttavia, grazie a Kadee, eccomi di nuovo a bussare alla porta di Georgie. Mi diressi verso la porta sul retro, e Georgie mi accolse con un'occhiata severa.

"Che vuoi? Non mi va proprio di parlare con te. Non hai ancora sistemato quel casino che hai combinato."

"Ehi, lo so, e mi dispiace," dissi esitando. "Lo so che forse dobbiamo parlare anche di altre cose. Ma Kadee adesso è veramente arrabbiata, e penso che tu possa darmi una mano. Chiede di te."

Georgie aggrottò la fronte. "Di me?"

"Sì, lo so," dissi sorridendo. "Nemmeno io me lo aspettavo. Ma quella bambina ha fatto subito ad affezionarsi a te. Ti adora, veramente."

"Anche io."

"Ma ora sono nel bel mezzo di un incubo genitoriale. Karen, sua madre, è qui, vuole portarla a casa, ma Kadee si è chiusa in bagno, e ha chiesto di te. Non vorrei coinvolgerti nei nostri problemi, ma se potessi solo venire a dirle due parole, che so, forse uscirà. Oggi torna a casa." Le ultime parole mi rimasero incastrata in gola. Darle questa brutta notizia scatenò dentro di me un turbinio di emozioni.

La preoccupazione le scurì il volto, e la sua postura difensiva si allentò.

"Va bene, devo venire ora?"

"Ti prego, ci vorrà giusto un minuto. Almeno spero."

"Va bene. Per Kadee un minuto ce l'ho sempre."

Attraversammo di fretta la strada, ognuno assorto nei propri pensieri. Io stavo facendo del mio meglio per sistemare le cose, e la conclusione che mi aspettava era di vedere mentre mi portavano via Kadee. Sembrava così ingiusto.

"Veramente va via oggi?" mi chiese Georgie subito prima di entrare in casa.

"Quello il piano. Beh, è il piano di sua madre, quantomeno."

Entrammo in casa e salimmo al piano di sopra. Oltrepassammo Karen e Brian, occupati a discutere di qualcosa in soggiorno. "L'avete lasciata da sola?" gridai loro scuotendo la testa e ignorando le loro occhiate sorprese. Karen quindi si posizionò in fondo alle scale per ignorarci, o forse per guardare da vicino Georgie. La donna che la nostra bambina aveva chiesto di vedere. Karen assottigliò gli occhi con aria di rimprovero, ma io non vi badai. Non me ne importava un accidente se Karen era gelosa di Georgie.

Io e Georgie ci accovacciammo ai lati della porta del bagno.

"Tesoro, Georgie è qui," annunciai.

"Ehi, tesoro," sussurrò Georgie.

"Ciao," disse Kadee dopo una breve pausa.

"Che c'è che non va? Che ne dici, vieni fuori e ne parliamo?" la implorò Georgie dolcemente.

"Ma io non voglio andarmene."

"Lo so, ma il tuo papà sembra veramente triste e spaventato. Ha bisogno di un abbraccio. Dovresti venire fuori. Andrà tutto bene."

"Sì, tesoro, vedrai, sistemerò tutto io. Per te. Per entrambi. Te lo prometto. Ti prometto che d'ora in poi ci vedremo sempre più spesso."

"Me lo prometti?"

"Croce sul cuore, amore mio," risposi immediatamente, premendomi la mano sul petto con un gesto istintivo.

"L'ho visto io, Kadee. Si è fatto la croce sul cuore," aggiunse Georgie. "Ora devi veramente venire fuori."

"E *tu* lo prometti?" chiese Kadee rivolta a Georgie.

Georgie alzò gli occhi al cielo con fare gioco. "Sì, tesoro. Croce sul cuore. Il tuo papà e io faremo di tutto per renderti la bambina più felice del mondo."

Aspettammo. Dopo un breve silenzio, sentimmo dei rumori venire da dentro il bagno. Speranzoso, guardai Georgie; lei annuì; sentimmo la chiave girare nella toppa. Presi Kadee tra le mie braccia e la strinsi forte a me.

"Eccola qui," disse Georgie scompigliandole i capelli. "Che bimba coraggiosa."

"Abbiamo finito con tutte queste assurdità?" chiese Karen salendo le scale.

Vedendo la madre che si avvicinava, Kadee si strinse a me.

"Sì, è tutto finito. Ma lei non torna a casa, non oggi."

Karen guardò prima me e poi Georgie rivolgendoci uno sguardo carico di disprezzo.

"Io ora devo andare," disse Georgie. "Kadee, andrà tutto bene. Ci vediamo dopo, okay?"

Passò di fianco a Karen e scese lungo le scale. Per un brevissimo istante, sperai quasi che potesse nascerne uno scontro. Chissà come se la sarebbe cavata Karen se Georgie avesse rovesciato su di lei tutto il suo temperamento e il suo feroce sarcasmo. Ma forse fu meglio per tutti che Georgie tenne a bada quel lato della sua personalità. A giudicare dalle fiamme che le ardevano negli occhi, Karen era già sull'orlo di una crisi di nervi. Presi Kadee in braccio e scesi lungo le scale.

Karen, silenziosamente adirata, ci seguì sbattendo i piedi, pronta a dar battaglia, pronta a insistere con le due richieste.

"Kadee, vieni o no?"

"No!" urlò mia figlia.

"Va bene. Fa' la bambina cattiva. Resta con tuo padre, e vediamo quanto tempo resiste con le tue buffonate. Che ne dici se ti lasciamo qui e ce ne andiamo senza di te? È questo quello che vuoi? Davvero?"

Kadee sollevò la testa e annuì con foga. Sua madre emise un gorgoglio disperato.

"Amore, dobbiamo andare. Ci pensiamo dopo, su," disse

Brian avvicinandosi a Karen e indicando con fare drammatico l'orologio che portava al polso.

"Lo sai cosa, è stata solo un'enorme perdita di tempo. Noi ce ne andiamo, e sarà una tua responsabilità riportarla a casa, Derek. Mi hai sentito? E se non lo fai avrai notizie dai nostri avvocati."

"Non è un problema," dissi stringendo Kadee tra le mie braccia.

Dopo qualche scialbo saluto, e con Kadee che si rifiutava di dire ciao alla sua mamma nonostante le mie insistenze, Karen e Brian imboccarono il vialetto come due furie e se ne andarono sbattendo con forza le portiere dall'auto.

"Grazie, papà."

20

Georgie

Passai due giorni a lavorare alla mia casa. Ciò mi aiutò a tenermi occupata, a fare qualche decente progresso, a sostituire i vecchi impianti con quelli nuovi – ma non potei fare a meno di rendermi conto che se mi stavo concentrando così intensamente su un unico aspetto della mia vita era solo per non dover pensare a nient'altro. Stavo ficcando la testa sotto la sabbia, e di proposito.

E forse non io ero l'unica a voler evitare di avere a che fare con le cose più serie. Non mi era capitato di imbattermi in Derek e in Kadee nemmeno per sbaglio.

La mia breve intrusione nei loro drammi familiari era stata interessante, ma mi aveva messo a disagio, in qualche modo. Ero rimasta lì per neanche due minuti ma avevo capito subito che questa Karen era proprio un bel capolavoro, almeno a giudicare da come mi aveva ringhiato contro e dal modo sprezzante con cui trattava Kadee. Quando me ne andai, ero scossa... e dispiaciuta per Kadee, che era una bambina così intelligente, così di buon cuore, e che eppure doveva avere a che fare con una madre del genere. Che la ignorava. Che non aveva tempo per lei. E che la trattava come se fosse un peso. Dio, sapevo benissimo come ci si sentiva.

Quando si trattava del benessere dei bambini, non avrei dovuto assumere il ruolo di giudice e giuria – diamine, io non ero una madre, non conoscevo tutte le difficoltà connesse a tale ruolo – ma bastava passare qualche minuto in presenza di questa famiglia disfunzionale per rendersi conto che Kadee sarebbe stata infinitamente più felice insieme a suo padre, che stravedeva per lei, e la trattava come se fosse il regalo più prezioso che avesse mai potuto ricevere. Se avesse potuto, avrebbe avvolto il mondo intero con l'ovatta, avrebbe tirato fuori la sua lima per smussare tutti gli angoli più duri e crudeli. Il tutto per far sì che la sua bambina fosse sempre al sicuro.

Ma se le cose fossero andate come voleva Karen, Derek non avrebbe mai avuto la possibilità di fare il padre.

Già questo bastava a farmi dolere il cuore ogni volta che pensavo alla loro situazione. Come si sarebbe sentito Derek dopo che Kadee fosse tornata a casa? Non riuscivo nemmeno a pensarci. Io potevo fare ben poco, quasi nulla: potevo solo dire a me stessa che non era il caso di farsi coinvolgere ulteriormente. Non era la mia famiglia... Se Derek avesse avuto bisogno di me, sarebbe venuto a chiamarmi, ma non l'aveva fatto. Io dovevo fare quello che ero venuta a fare: crearmi una casa tutta per me, quella che non avevo mai avuto.

Una parte di me era triste del fatto che Derek non fosse

venuto per niente a trovarmi. Mi mancava, ogni giorno, e ogni notte che passavo da sola nel mio letto. Ma a cosa stavo pensando? Questo tizio aveva una figlia, e io non avevo la benché minima esperienza con i bambini. Kadee era dolce, certo, ma cosa sarebbe successo a lungo andare? Ovviamente, io davo la colpa a Fiona: nel corso degli anni mi aveva cacciata in diversi guai, eppure i suoi consigli mi spingevano sempre ad agire.

E così per due giorni mi dedicai anima e corpo alla casa. Studiai il libro che mi aveva regalato Derek. Si rivelò utilissimo. Avevo scartavetrato e ridipinto la sala da pranzo e, in qualche modo, in mezzo a una sfilza di imprecazioni e parolacce, ero riuscita a installare un nuovo battiscopa e le lampade a muro.

Era bello avere una stanza immacolata, pulita, perfetta, senza nessuna complicazione. Un luogo dove potermi ritirare a pensare, ora che avevo rimosso tutti i detriti e la polvere.

Questa mattina mi ero messa al lavoro di buon'ora, appendendo i quadri alle pareti e aggiungendo tutti i tocchi decorativi che mancavano persino all'immacolata casa di Derek. Una volta dati gli ultimi tocchi, feci un passo indietro e ammirai il mio lavoro.

"Niente male, fanciulla, niente male," dissi congratulandomi con me stessa e godendomi questo piccolo momento. Mi resi conto che sì, potevo farcela. Potevo vivere in questo posto, potevo fare tutto quello che volevo. Mi bastava procedere un passo alla volta. Ah, se solo avessi potuto dire lo stesso della mia vita amorosa.

Ma non c'è pace per i dannati. Bisognava sfruttare lo slancio. Volevo continuare a tenermi occupata. Mi preparai una tazza di caffè e pensai al da farsi. Avevo rinunciato a sistemare i gradini del portico mezzi finiti, almeno fino a quando il tempo non fosse migliorato. Quindi ora il mio piano era di stare dentro casa, andando di stanza in stanza per capire cos'altro avevo bisogno di ordinare. Se oggi volevo continuare a lavorare, avevo bisogno di altri materiali. Ormai ero diventata una cliente abituale del negozio di ferramenta, ed Edgar, il proprietario, era quantomeno un volto amichevole.

Corsi verso il furgone, la testa piegata in avanti per cercare di ripararmi dalla pioggerellina, e notai che la casa di Derek era più tranquilla del solito. Nessun segno del suo furgone sul vialetto. Era ovvio che fosse uscito con Kadee, per andare chissà dove. Da quando era scoppiato tutto quel dramma, non avevo prestato molta attenzione ai loro spostamenti. Guardarli e domandarmi quali fossero i loro programmi non era d'aiuto al mio stato mentale.

Una semplice pausa, lunga abbastanza da giovare a tutte le persone coinvolte.

Eppure, quando raggiunsi il mio furgone, vidi che Herbert, l'orsacchiotto di Kadee, era poggiato sul parabrezza, zuppo di pioggia. Un segnale da parte di Kadee per dirmi che le mancavo? Scossi e strizzai il peluche cercando di scrollargli di dosso l'acqua in eccesso e lo poggiai sul sedile del passeggero, indirizzandogli addosso l'aria calda per cercare di asciugarlo.

"Scommetto che ti manca, eh?" gli dissi a voce bassa. "Manca anche a me. Manca anche a me."

Le intenzioni di Kadee, innocenti o no, non importavano. Dovevo riportarglielo, e decisi che l'avrei fatto solo dopo averlo rimesso a nuovo.

Seduto come sempre dietro il bancone del suo negozio di ferramenta, Edgar mi accolse abbassando il giornale che stava leggendo.

"'giorno, cara. Non ce la fai proprio a stare lontana da questo posto, eh? Forse dovrei darti, che ne so, una carta fedeltà?"

"E puoi biasimarmi? È il migliore negozio di ferramenta del paese, no?"

"Oh, senza dubbio... essendo anche l'unico," disse Edgar ridacchiando tra sé e sé e voltando la pagina del giornale.

Presi un cestino e mi tuffai in mezzo alle corsie alla ricerca delle cose di cui avevo bisogno. Quando tornai al bancone, Edgar piegò il quotidiano e mi dedicò la sua completa attenzione.

"Stai sistemando la vecchia casa dei Cottle, eh? Quella su Chestnut Grove?"

"Sì, esattamente. La conosci?" gli chiesi cominciando a poggiare tutti i miei acquisti sul bancone.

"Non esattamente. Ho sentito della vendita di sfuggita. Conosco Derek, che ci abita davanti, sai? Un bravo cristiano. Uno dei miei migliori clienti."

"Ci siamo incrociati," risposi non volevo parlare ulteriormente della nostra complicata relazione. "La sua casa è un'ottima fonte di ispirazione."

"Oh sì, ha fatto meraviglie con quel posto. Avrei dovuto vederlo prima che ci mettesse le mani su... Che peccato, però."

"In che senso?"

"Beh, ora se n'è andato. A quanto ho sentito, ha preso ed è partito con la figlia, diretto verso ovest."

"Cosa? No, non può essere."

"Sì, mia moglie è il suo agente immobiliare. Si è già

messa al lavoro su tutti i documenti necessari per vendere la casa, e questa mattina l'ho visto col suo furgone mentre se ne andava. Aveva impacchettato tutto."

"Ma veramente? Ma quando?" gli chiesi sentendomi travolgere da un panico irrazionale.

"Non più di un'ora fa. Una cosa improvvisa, non c'è che dire."

"Veramente," dissi allontanandomi dal bancone. Il panico si era trasformato in nausea. Mi girai e uscii di corsa dal negozio lasciando sul bancone tutto quello che dovevo comprare.

"Ehi, vuoi che..."

Non feci in tempo a sentire cosa avesse da dirmi. Saltai sul furgone, e per prima cosa pensai che dovevo andare a casa. Forse mi aveva lasciato un biglietto, qualcosa che non avevo notato? Herbert, seduto sul sedile del passeggero, mi guardò con aria preoccupata.

"Oh, Herbert... Dio, tu sei un regalo d'addio, eh?"

Herbert si limitò a guardarmi di rimando con i suoi grandi occhi vitrei.

Quando tornai a casa di Derek e la trovai di nuovo immobile e silenziosa, presi Herbert e me lo strinsi al petto. Alla fine, era successo. Tutti i sogni maturati durante l'ultima settimana vennero schiacciati come ricordi lontani. Non sapevo nemmeno cosa stessi facendo... Uscii dall'auto e mi ritrovai a battere i pugni sulla porta di Derek. Dovevo controllare, essere sicura. Provare un filo di speranza al quale aggrapparmi. Forse Edgar si era sbagliato...

Mi sentii assalita dal rimorso e dalla delusione. Perché non ero venuta a controllare come stavano, perché non avevo passato un po' di tempo con loro negli ultimi giorni? Perché mi ero comportata così? E perché loro non erano venuti a dirmi addio?

Al diavolo le pause: l'unica cosa che desideravo era di rivederli. Avrei dato di tutto pur di scorgere il furgone di Derek che svoltava l'angolo. Mi misi a fissare la strada, in attesa di un miracolo. Ma non accadde nulla. Se n'erano andati, e si erano portati via il mio cuore.

21

Georgie

Mi trascinai lontana dalla porta di Derek e mi lasciai cadere sulla vecchia poltrona del mio soggiorno, e fu lì che rimasi. Passarono diverse ore, non so quante.

Decine di pensieri avvilenti mi circolarono nella testa, a ripetizione, e mi ritrovai del tutto incapace di fermare la spirale lungo la quale stavo discendendo. Rimuginai su quello che sarebbe potuto succedere, a cosa avrei potuto fare di diverso. Derek era uscito per sempre dalla mia vita. Non avevo nemmeno il suo numero di telefono. Che cosa non avrei dato pur di sentire le sue braccia che mi stringevano forte.

Qualcuno bussò alla porta, spaventandomi.

Mi drizzai e mi massaggiai gli occhi arrossati e dolenti. Il mio primo pensiero fu: è tornato Derek. Mi immaginai di saltargli addosso mentre aprivo la porta, di dargli così tanti baci da lasciarlo senza parole. Avremmo riso; avremmo parlato. Ci saremmo dati altri baci e avremmo fatto la pace. Tutto sarebbe tornato alla normalità, e lui avrebbe curato il mio cuore infranto.

Ma le cose non sono mai così semplici. Non poteva essere lui, non aveva senso, no?

Incerta, mi alzai e, lentamente, aprii la porta.

"Ehi... oh, cavoli, hai un aspetto tremendo. Che diavolo t'è successo alla faccia?"

"Fiona," dissi con un sussulto lasciando che tutte le mie speranze se ne fuggissero via insieme al respiro che avevo trattenuto.

"Beh, sì, chi ti pensavi che fosse? Ti sei dimenticata che dobbiamo andare a pranzo insieme, eh? E a parte la tua faccia, che diavolo è successo a questi scalini? Mi sono quasi storta la caviglia mentre salivo."

"Non è l'Everest, Fiona," borbottai io provando a immaginarmela mentre si arrampicava sul mio porticato. Ma quello era l'ultimo dei miei problemi.

"Cos'è quest'atteggiamento? Nemmeno un ciao?"

"Dio, scusami. Questi ultimi due giorni sono stati a dir poco folli."

"Non ti ho ancora perdonata. Su, forza, raccontami tutto," disse Fiona entrando in casa.

Preparò il tè mentre io sproloquiai fino a quando non mi si seccò la bocca. Le raccontai tutto quello che era successo negli ultimi due giorni, dell'ex di Derek, della casa in vendita, della loro improvvisa sparizione. Della stupida discussione che avevamo avuto, di me che mi arrabbiavo perché lui si era offerto di sistemarmi il portico. Perché mai mi ero comportata in quel modo? Avrei dovuto ignorare il mio orgoglio e chiedergli di aiutarmi... ma no, non io, io certe cose non potevo farle, nossignore. Che cazzo di idiota.

"È andato tutto a puttane. E penso che sia solo colpa mia."

"Oh, no, non lo è. È che lui non conosce le tue motivazioni."

"Esattamente. È colpa mia. Non gliele ho dette!"

"A questo si rimedia facilmente. Non lo perderai così facilmente," mi disse Fiona sicura di sé.

Ci risiamo, pensai sentendo dentro di me uno strano miscuglio di terrore e speranza. Altri consigli motivazionali da parte di Fiona.

"Tu vuoi andargli dietro, no? Sarà una cosa epica, come nei film!"

"Sì, senza dubbio, ma non ho idea di dove sia andato. La California è grande, sai?"

"Non fare la saputa. Lasciami pensare. Dev'esserci un modo..." disse zittendosi e mettendosi a pensare.

Pensai per un po' alle sue parole. Sembrava ridicolo, ma Fiona faceva sempre sembrare che fosse tutto fattibile, facilmente a portata di mano. Come se bastasse un semplice gesto per far avverare i miei sogni. Ma questa era la realtà, e io avevo i piedi ben piantati per terra.

"Non ne hai proprio idea? Deve averti detto qualcosa al riguardo... forse dove vive la sua ex?"

"Non lo so, e anche se lo sapessi, non me lo ricordo," fu la risposta migliore che mi venne al momento. "Non so nemmeno da dove iniziare."

"Volere è potere, piccola. Tu scervellati un po'. Forse mi è venuta in mente un'idea."

"Aspetta. Kadee mi ha detto dove lavora il suo patrigno. È un dentista di fama, un pezzo grosso, credo. Il dentista delle celebrità... L'ha chiamato Reed Medical, o qualcosa del genere."

"Meglio di niente. Tempo di chiedere a Google, ragazza!

E se scopri esattamente dove devi andare, forse posso regalarti un po' delle mie miglia aeree."

―――

Stavo veramente per farlo? Veramente volevo inseguire un uomo in giro per il Paese, e per dichiarargli... dichiarargli cosa? Il mio amore? Per dirgli che avevo bisogno di lui e che doveva tornare indietro... che doveva abbandonare sua figlia e stare con me? Era una cosa così egoista che la sola idea bastava a darmi il voltastomaco. Ma quantomeno dovevo dirgli come mi sentivo, no? Forse, in qualche modo, avremmo trovato una soluzione, anche per Kadee.

Non avevo idea di cosa aspettarmi – ma non avevo intenzione di svegliarmi un'altra mattina senza saperlo. Presi la valigia che avevo preparato in fretta e furia e corsi fuori dalla porta per andare a prendere il mio volo. Gettai la valigia sul sedile del passeggero e stavo per mettermi al volante quando sentii una macchina dietro di me. All'inizio, data l'ora, pensai fosse il postino, ma quando mi girai vidi il retro del furgone di Derek che imboccava il vialetto. Sentii un tuffo al cuore. Premetti una mano contro la macchina, come per farmi forza. Non credevo ai miei occhi.

Sconcertata, non potei far altro che guardarlo. Ma che diavolo...?

Derek scese dal furgone e mi si fece incontro. Sembrava stanco, esausto, con i capelli scompigliati come se avesse passato la notte in bianco. Ma più si avvicinava, più il suo sorriso si faceva grande. Tutte le emozioni degli ultimi giorni si scontrarono improvvisamente dentro di me. E poi sentii la furia esplodergli contro.

"Ma dove diavolo sei stato? Pensavo..." gli gridai cercando di trattenere le lacrime. "Che succede?"

Il mio accesso di rabbia lo fece immobilizzare, un'espressione confusa in volto.

"Hai la minima idea di cosa stavo per fare?" proseguii, praticamente tremando per il sollievo di averlo di nuovo qui davanti a me.

"Ehm, no," rispose lui facendo spallucce e rivolgendomi un sorriso indulgente. Il che non fece altro che farmi irritare ancor di più. Come osava sorridermi a quel modo quando io ero stata così in pena per lui? Disperata, ansiosa, stavo andando quasi fuori di testa… e tutto perché mi stavo innamorando di lui.

"Ma certo che no… ti sei mai fermato a pensare che…"

"A cosa?" mi chiese lui, sinceramente confuso.

"A me!" gli gridai. Mi portai le mani al viso per coprire le calde lacrime che mi bagnavano le guance.

"Mi sono fermato a pensare a te," mi rispose lui, urlando tanto forte quanto me, sempre più irritato.

"Bel modo di dimostrarmelo, sei sparito così, senza dire niente, e io…"

Non riuscii a finire la frase. Lui si avvicinò e mi strinse tra le sue forti braccia, e mi baciò come non mi aveva mai baciata. La sua passione zittì immediatamente tutti i miei dubbi, e le mie paure, e il mio dolore.

Travolta da quell'intenso turbinio di emozioni, Derek mi sollevò. Io ricambiai i suoi i baci con un desiderio tanto improvviso quanto immenso. Le nostre labbra, i nostri i corpi, avevano sentito la mancanza l'uno dell'altro, e stavano recuperando il tempo che avevamo perduto in questi ultimi due giorni.

"Pensavo te fossi andato. Per sempre," gli sussurrai. "Pensavo di averti perso."

"Impossibile. Ho accompagnato Kadee a casa. Poi ho

volato per tutta la notte per tornare qui. Non vedevo l'ora di vederti."

"Se n'è andata?" gli chiesi sentendo una fitta al cuore.

Lui annuì.

"Mi mancherà."

"Anche a me..."

Col viso triste, Derek mi accarezzò il volto con le sue mani calde e mi baciò di nuovo. Le sue labbra si sciolsero contro le mie. Poi mi guardò dritta negli occhi. L'emozione e il sollievo che sentii, insieme all'intensità dei suoi gesti, diedero vita a una nuova fiamma indomita dentro di me. Lui riusciva a vedermela chiaramente negli occhi, e lo sguardo che mi rivolse non fece altro che alimentare ancor di più quelle fiamme.

Mi stavo per sporgere in avanti per dargli un altro bacio quando lui mi sollevò stringendomi tra le sue braccia. Gli gettai le braccia al collo e lui mi portò in casa. Lo guardai da vicino, accarezzandogli il volto, il mento irsuto. E poi gli affondai le dita nei capelli.

Quando arrivammo alla porta, mi mise giù. La aprii ed entrai. Le sue mani restarono per tutto il tempo su di me, e non appena entrammo in cucina, tornò di nuovo a stringermi a sé. Mi ritrovai bloccata contro il ripiano della cucina, mentre le sue mani esploravano il mio corpo e le nostre labbra si incontravano in baci appassionati. Mi sbottonò il top e io spostai di lato tutta la roba che c'era sul ripiano della cucina, senza preoccuparmi di tutto quello che cadde a terra. Mi sollevò e mi fece sedere sul ripiano, e io spalancai le cosce per accoglierlo. Lo guardai nei suoi occhi paradisiaci, ora allo stesso livello dei miei.

"Perdonami se non ti ho detto che stavo partendo. Ho avuto un sacco di cose a cui pensare, e dovevo occuparmi di alcune cose. Non volevo che pensassi che me ne fossi andato senza dirti addio."

"Ti sei occupato di tutto, ora?" gli chiesi non sapendo a cosa si riferisse, ma capendo grazie al suo sorriso che si era qualcosa di positivo.

"Sì, l'ho fatto" mi disse passandomi le dita tra i capelli.

Mi sbottonò la camicia, accarezzandomi la pelle con le dita. Fremetti e sussultai. Ne volevo ancora. Gli aprii la camicia, volevo accarezzargli il petto muscoloso. Cominciò a baciarmi il collo mentre continuavamo ad esplorare i nostri corpi.

Si sfilò gli stivali e io gli slacciai la cintura. Si abbassò i jeans, mi sfilò le scarpe e le gettò da un lato. Fummo travolti da un senso di urgenza. Lui non poteva più aspettare; e nemmeno io.

Mi accarezzò il ventre, mi sbottonò i jeans, e mi aiutò a sfilarmeli. Una volta fatto ciò, mi accarezzò le gambe, facendo su e già con le mani, arrivando a toccare i polpacci per poi risalire lentamente verso i miei fianchi.

Emisi un flebile gemito e gli avvolsi le gambe attorno alla vita per tenerlo fermo, stretto a me, godendomi la sua pelle calda che premeva contro la mia. Mi sfilai la camicetta e gliela gettai attorno al collo. Afferrai entrambe le estremità e lo attirai a me per dargli altri baci. Ci baciammo lentamente, con passione, mentre lui mi toglieva il reggiseno e cominciava ad accarezzarmi i seni con gesti amorevoli. Stringerlo a me, sentire il suo odore, il tocco delle sue dita... mi consumava, mi faceva quasi delirare. Volevo che questa sensazione non finisse mai. Continuai a massaggiargli i muscoli sodi, mentre le sue labbra vagarono allontanandosi dai miei seni per andare a posarsi sui miei seni. Li leccò e li baciò con una dedizione che non credevo possibile. Sentii le sue labbra e la sua lingua su di me, sui miei capezzoli, che subito risposero inturgidendosi.

Sopraffatta dal desiderio, allungai la mano verso il rigonfiamento nei suoi boxer, e cominciai a toccarlo e a massaggiarlo fino a quando Derek non emise un gemito. Sorrisi e cominciai a stimolarlo con più vigore, con gesti più insistenti.

Quando lui mi morse il capezzolo turgido, gli tirai fuori il cazzo e lo strinsi nella mia mano. Continuammo così, entrambi così eccitati, senza fiato, desiderandoci.

Fino a quando Derek non si fermò. L'avevo esattamente dove lo volevo.

Rimase lì, con gli occhi chiusi, abbandonato al piacere. Continuai a guardarlo in faccia e gli strinsi il membro con entrambe le mani, stringendolo senza troppa forza, passandogli il pollice sulla punta ingrossata. Ce l'aveva duro come una roccia.

Lo masturbai pensando a quanto lo volessi dentro di me. Ero già bagnata, bagnata come non mai, non riuscivo più a resistere. Quasi come avessimo avuto lo stesso pensiero, lui fece mezzo passo indietro e mi strinse le mutandine tra le dita. Lo aiutai a sfilarmele e lui le gettò via insieme ai suoi boxer. Mi fece appoggiare di nuovo contro il ripiano della cucina e sentii la punta del suo pene contro la mia clitoride, che pensava all'unisono con il ritmo furioso della mia cacofonia musicale.

Con fare determinato, Derek si strinse il cazzo tra le mani come fosse una penna. Mosse il cazzo su e giù, a destra e a sinistra, come se stesse scrivendo una lettera d'amore alla mia fica. Stuzzicò le mie terminazioni nervose, mi guardò mentre mi contorcevo, mi mordevo il labbro e mi abbandonavo a gemiti di piacere.

I suoi gesti lenti e controllati mi stavano mandando fuori

di testa. Poggiai le mie mani sulle sue, sperando che ciò potesse spronarlo a infilarsi tra le pieghe della mia carne; ma lui restò immobile, uno sguardo malizioso negli occhi.

"Derek," dissi con voce implorante. "Non ce la faccio più." Gli affondai i talloni nel culo sodo e provai di nuovo sperando di riuscire a farlo cedere, a convincerlo a prendermi.

"Lo vuoi?" disse premendo il suo membro pesante contro la mia clitoride.

"Sì... oh, Dio. Sì, lo sai che lo voglio."

Ritrasse la sua arma solo per rimpiazzarla con un pollice entusiasta, che cominciò a vibrare su di me con movimenti veloci e decisi. Ruotai la testa e le spalle all'indietro, sgranai gli occhi e li puntai verso il soffitto, del tutto incapace di concentrarmi. Tutto divenne sfocato – le sue dita erano come magiche. Riuscivo a sentire il cuore che mi batteva nelle tempie, nella punta delle dita, persino nelle dita nei piedi. Strinsi forte il bordo del ripiano, provando a trattenermi... fino a quando capii che non dovevo trattenermi. Non più. Lui ora era qui. Ed era mio.

Potevamo continuare così per tutta la giornata.

Il mio corpo fu attraversato da violenti scossoni; un rauco urlo di gola mi scappò dalla bocca. Ma il suo pollice ancora non aveva finito con me. Continuò a stuzzicare e a massaggiare il mio bocciolo fino a quando non mi ritrovai ansimante, a gemere il suo nome. Poi, quando infine pensai che ero esausta, fiaccata, Derek mi ricordò crudelmente che avevamo appena cominciato.

Mi afferrò per i fianchi e mi penetrò. Centimetro dopo centimetro, il mio piacere non faceva altro che innalzarsi, e l'estasi creata dalla nostra unione non fece altro che farsi più forte, più intensa. Non potevo non gemere, investita com'ero da tali sensazioni paradisiache. Gli strinsi le braccia attorno al collo, e lui mi scopò, penetrandomi sempre più a fondo.

Mi sollevò e mi sbatté contro il muro. Quello che avevo intenzione di abbattere... forse possiamo beccare due piccioni con una fava, pensai.

I suoi fianchi mi martellavano come pistoni ben oliati, muovendosi in modo ostinato, in modo spietato. Ondeggiai la testa e mi aggrappai a lui con ancora più forza, stringendogli le cosce attorno alla vita mentre i suoi movimenti continui e intensi mi portavano di nuovo ad ebollizione.

Mi scopò con forza, facendomi sobbalzare contro il muro, e la fronte gli si imperlò di sudore. I grossi muscoli delle sue braccia si gonfiarono per lo sforzo. Come se stessi facendo un tour della cucina, la mia schiena si staccò dalla fredda parete e andò a posarsi distesa sul tavolo. Una posizione perfetta, il suo cazzo perfettamente in linea con i miei fianchi distesi orizzontalmente.

Allungai un braccio cercando di stabilizzarmi e sbattei la testa contro la parte superiore delle sedie infilate sotto al tavolo. Lui mi sorrise e mi trascinò verso di sé, e poi, stringendomi i fianchi con forza, mi sollevò.

"Forse dovremmo trovare un posto un po' più comodo?"

"Non mi importa... basta che continui a scoparmi," risposi io.

Gli strinsi di nuovo le braccia attorno al collo e lui mi portò fuori dalla cucina. Senza il minimo sforzo, salì su per le scale e mi portò in camera. Il letto era ancora sfatto. Mi lasciò cadere sul materasso e immediatamente si distese di fianco a me.

Si posizionò dietro di me, mi fece sollevare una gamba e mi penetrò. Il nuovo angolo di penetrazione mi fece gemere.

Mi accarezzò il corpo, facendo su e giù con la mano, toccandomi la coscia e facendomela spalancare così da poter avere accesso alla mia clitoride; e poi risalì, palpandomi il seno.

Sentii la passione che montava dentro di me e ottenebrava tutti i miei pensieri. Il piacere era di nuovo pronto ad esplodere. Con un altro gemito selvaggio sfuggii dal suo abbraccio e rotolai sulla schiena. Lo guardai negli occhi, sollevai le ginocchia e spalancai le gambe per accoglierlo dentro di me. Lui si posizionò su di me e, dopo avermi dato un bacio, tornò a penetrarmi.

Cominciò a martellarmi con un vigore sfrenato. Gemendo, lo spronai a continuare. Gli strinsi i bicipiti, già pronta ad esplodere. Volevo farlo venire.

Poi gli portai le mani al collo per attirarlo verso di me, ancora più dentro di me, e guardai i suoi occhi e la sua faccia mentre mi penetrava per un'ultima volta, fino in fondo.

Mi guardò degli occhi ed esplose dentro la mia fica. Io mi irrigidii, i miei muscoli interni lo munsero, e sentendo la sua esplosione pulsante e scorgendo il desiderio nei suoi occhi, mi fu impossibile trattenermi. Mi sentii sopraffatta da un'energia violentissima, e un climax tanto intenso quanto piacevole mi attraversò il corpo. La mia gola si aprì in sua lode. Anche lui gemette, muovendo lentamente il suo cazzo pulsante dentro di me, fino a quando ci ritrovammo entrambi esausti, a riprendere fiato... ma le nostre bocche, un istante dopo, tornarono a cercarsi per l'ennesima volta.

22

Derek

I raggi del sole penetravano la finestra crogiolandoci con la loro luce dorata. Girai la testa per evitare il bagliore e sentii Georgie, distesa al mio fianco, che si muoveva.

"Buongiorno," mi disse in un sussurro.

"Ehilà," risposi io. Il calore del sole ora era accompagnato dall'affetto che leggevo nel suo sorriso. È qualcosa a cui posso facilmente abituarmi, pensai stringendola a me.

"Ti va di fare colazione?" le chiesi.

"Non ancora. Possiamo starcene un altro po' distesi qui, no?"

La strinsi forte tra le braccia, la gamba infilata in mezzo alle sue, e le dissi: "Mi sembra un'idea perfetta." Era veramente perfetto. Quando lei era tra le mie braccia, la vita mi sembrava piena di speranza. Mentre le accarezzavo i capelli, lei si girò per premere languidamente il proprio corpo contro il mio.

Questa giornata volevo passarla al suo fianco. Non volevo lasciarla mai, nemmeno per un momento. Mi aveva stregato. Cominciai a spremermi le meningi per cercare una scusa per restare con lei. Naturalmente, avendola nuda tra le mie braccia, la voglia di restare semplicemente tra le lenzuola era forte.

"Quali sono i tuoi programmi per la giornata?" mi chiese, come se stesse pensando alle stesse cose. "Dopo colazione, ehm... che ne dici se sistemiamo il portico insieme?"

"Sì, te lo devo, su quello non ci sono dubbi. Ed è un'ottima giornata per farlo."

"Mi spiace di averti urlato contro l'altro giorno."

Le feci inclinare il viso all'insù, così da poterla guardare negli occhi. "Non devi scusarti. Ho esagerato. Non te l'ho chiesto, sono stato invadente."

"Grazie per avermelo detto... penso che per me sia difficile permettere alle altre persone di aiutarmi. Specie con questa casa. La mia prima casa."

"Non sapevo fosse la prima."

"Ci sono un sacco di cose che non sappiamo l'uno dell'altra."

"Beh, a questo possiamo porre rimedio," dissi dandole un bacio sul collo. "Ma prima..."

Il mio cazzo era premuto contro le calde curve del suo culo. Lei era pronta per me. Mosse i fianchi e allargò leggermente le gambe così da farsi penetrare. Cominciai a prenderla da dietro, con movimenti lunghi e languidi, con lei che gemeva. Con gli occhi semichiusi, scivolammo su un lago euforico, lasciando che i nostri corpi si fondessero tra di loro.

Quando entrambi venimmo, l'intensità dei nostri orgasmi fu qualcosa che non avevo mai provato prima d'ora. Assaporai ogni singolo gemito che emetteva, e credetti quasi di riuscire a vedere i colori della sua anima mentre sfarfallavano dinanzi alle mie palpebre chiuse. Era come se, dopo esserci ridestati dalla nostra intimità sognante, dopo esserci avvinghiati l'uno all'altra, avessi trovato una sorta di sesto senso.

Era difficile trovare qualcosa da dire mentre me ne stavo lì disteso, con i suoi capelli cosparsi sul petto, mentre entrambi cercavamo di riprenderci. Ma c'era una cosa che abbondava e che praticamente mi strangolò il cuore quando compresi il suo significato più profondo.

Avevo scoperto l'amore.

―――

DOPO COLAZIONE, ci mettemmo all'opera per ripulire il macello che avevo lasciato davanti la porta di casa sua. Come un tandem, l'uno di fianco all'altra, lavorammo in modo veloce ed efficiente. Guardandoci con un sorriso malizioso e consapevole, di quando in quando rubando un bacio o una veloce palpata.

Era bello poter porre rimedio questo caos che si era sviluppato tra di noi. Ma oggi non c'era spazio per la confusione, per gli scontri: oggi lavoravamo insieme, e lavoravamo bene. Ridemmo e ci stuzzicammo l'un l'altra sotto il sole cocente e, a mano a mano, i nuovi gradini presero forma.

"Ti va una limonata?" mi chiese Georgie asciugandosi una perla di sudore che le era spuntata sulla fronte.

"Sì, ti prego." Il sole di mezzogiorno si stava facendo sentire su noi poveri manovali, e avevo la gola completamente riarsa. Georgie tornò velocemente portando due bicchieri pieni di limonata. Poggiai il pennello che stavo usando contro la ringhiera e accolsi la graditissima bevanda con un sorriso. Ci guardammo negli occhi e bevemmo. Riuscivo a malapena a toglierle gli occhi di dosso. Volevo studiare i contorni del suo viso, scolpirmeli nella mente nel caso in cui dovessi allontanarmi da lei anche solo per un secondo.

"Veramente hai intenzione di vendere?" mi chiese Georgie dopo una lunga sorsata. Ne fui sorpreso.

Deglutii e pensai a come affrontare questo argomento tanto difficile. "Ci sto pensando."

Apparve per meno di un fugace secondo, ma io ero bravo a cogliere certe cose, e subito notai il lieve cipiglio che le fece corrucciare la fronte. La presi per mano cercando di alleviare le paure che lei covava dentro di sé.

"Ma non penso che il mio piano andrà in porto. Forse non era il piano giusto, sai? All'inizio, avevo sperato di poter offrire a Kadee una casa decente sulla costa occidentale, una come quella che ho qui. Col prato, un sacco di sacco di spazio dove giocare. Ma lì case del genere costano un occhio della testa, e quindi dovrò accontentarmi di quello che riuscirò a trovare con il mio budget striminzito."

"Veramente, avevi un piano? Tu?" mi disse Georgie per prendermi in giro, sebbene sapessi che stava facendo buon viso a cattivo gioco. Ma avevo deciso di dirle la verità. Basta girarci intorno, basta ignorare l'ingombrante elefante nella stanza.

Le spruzzai un po' della mia preziosa limonata sul viso, guadagnandomi in cambio un sorriso imbronciato, e poi le risposi: "Sì, avevo un piano! La mia intenzione era di restaurare e vendere una casa da queste parti. C'è una forte richiesta di case come queste, dopo che uno le ha messa a nuovo."

"Come questa?"

"Sì, precisamente come questa," risposi senza esitare. Feci un respiro profondo e la guardai negli occhi. "Era proprio questa quella che volevo comprare. Ma mi hai fregato."

"Veramente?" Georgie elaborò quest'informazione in silenzio. "Allora non c'era da meravigliarsi che mi odiassi."

"Beh, non esagerare. Certo, quando ti sei rivelata senza esperienza e arrogante, mi sono veramente incazzato... e, Dio, mi hai rotto pure la torcia," le dissi.

"La colpa è di tutte e due."

Mi misi a ridere. "Sì, come no. Mani di pastafrolla." Prima che potesse rimbeccare o protestare, la zittii con un bacio. Le scostai una ciocca di capelli dal viso e sospirai. "È solo che questo posto sarebbe stato perfetto."

Georgie annuì. "Lo so." Fece un passo indietro per ammirare la casa. "Ha un certo non so che..."

"Eh, già," risposi io lentamente facendo lo stesso. "Per non parlare di quant'è facile da raggiungere da casa mia."

Tutta l'angoscia che avevo provato pensando a dover rinnovare questa casa, unita all'intervento di Georgie, ora non sembrava altro che un intoppo agrodolce. Ora riuscivo a immaginarmi cosa di gran lunga migliori, soprattutto sapendo che Georgie faceva parte della mia vita.

"Non penso tu abbia mai preso in considerazione l'idea di trasferirti in California, eh?" La guardai per valutare la sua reazione, ma la risposta era scritta a chiare lettere sulla sua faccia. Era una cosa sciocca da chiedere. Avrei voluto rimangiarmela.

Mi prese la mano e se la portò alle labbra. "Mi spiace. Non posso farlo."

"Io..."

"Lascia che ti spieghi. Questa ora è la mia casa. Nel bene

e nel male. Ho bisogno di piantare le mie radici." Fece una pausa e mosse le labbra come si stesse sforzando di trovare le parole giuste. "Derek, io una casa non ce l'ho mai avuta. Non una casa vera e propria. Ero la figlia di un membro dell'esercito, mi hanno trascinata dappertutto, trovando sempre quattro pareti sottili da chiamare 'casa'. Ma mi ero sempre sentita così vuota... Non ho mai trovato un posto dove potessi sentirmi finalmente a casa. Non mi sono mai sentita veramente parte di un posto. Capisci cosa intendo dire?"

Annuii, provando a capire. Io provenivo da un posto che praticamente non avevo mai abbandonato in vita mia – la casa dov'ero cresciuto si trovava a pochi minuti di macchina da qui – e quindi mi era difficile immaginare cosa avesse dovuto sopportare lei.

"Come mai hai scelto Hollow Point?"

"Fiona, la mia amica – te ne ho parlato. Vive in città. Ci siamo conosciute subito prima di andare al college, prima ancora di decidere quale. E poi finimmo con l'andare nello stesso. Penso che quegli anni fossero veramente il primo passo per estraniarmi da quella sensazione che mi aveva accompagnata per tutta la vita, la sensazione di essere solamente un baule che da spedire dove voleva l'esercito. Dopo essermi ritirata dal college, ho continuato a girare per un altro po', senza sapere cosa fare, dove andare. Poi mia zia Dakota è morta e mi ha lasciato tutto... un'ancora di salvataggio, se devo essere onesta."

Tirò su con il naso e io le strinsi il braccio per farle coraggio.

"E quindi hai comprato questa casa?"

"Non subito. Nel suo testamento, lasciò detto che dovevo usare i soldi per seguire i miei sogni... per trovare il mio posto. E per un attimo non capii cosa volesse dire. Avere il mondo intero tutto a mia disposizione e non avere il coraggio di fare il primo passo. Era una cosa strana. Fu Fiona a darmi l'idea," disse Georgie ridendo. "Non so dove sarei ora se non fosse per lei. Probabilmente avrei continuato a girovagare per il resto della mia vita. Non ti avrei mai incontrato..."

Georgie mi appoggiò la testa sulla spalla e sospirò.

"Spero che tu capisca perché non posso venire con te in California, anche se io voglio stare con te e Kadee, lo voglio con tutto il cuore. Ma ora questa è la mia casa. Me lo sento nelle ossa. Ne ho bisogno. Della stabilità. Di questa meravigliosa casa, con le sue pareti solide, e le fondamenta sicure. Anche se mi ci vorranno anni per averla finalmente come me la immagino io. Devo restare qui."

"Capisco," risposi. Mi chiesi come sarebbe andata a finire. Ma, nel profondo... lo sapevo già. Non avrei abbandonato l'amore che avevo trovato non appena era venuto a vivere davanti a casa mia.

Georgie prese i bicchieri vuoti e li poggiò sul portico. Poi si girò verso di me con un sorriso promettente sulle labbra floride.

"Ma, sai..." disse. "Forse c'è un modo migliore."

Si morse le labbra e si piazzò davanti a me.

"Sono tutto orecchi."

"Io, beh, penso che, beh... io ti..."

"Io ti amo," dissi di botto. Era tutta la mattina, tutto il pomeriggio che volevo dirglielo. E non potevo lasciare che passasse neanche un minuto senza farglielo sapere.

"Ehi, mi hai rubato la battuta!"

Le sorrisi. "Scusa. Non potevo permettere che finissi la frase senza farti sapere che ti amo. Che sì, lo capisco, a prescindere da quello che stavi per dirmi. Questa è casa tua. Questa vecchia casa malandata racchiude in sé un sacco di promesse. E che possiamo trovare una soluzione. Perché, Georgie, tu che ti trasferisci qui, che mi soffi la casa da sotto il naso, che stravolgi il mio mondo... è stata la cosa migliore che mi sia successa da molto tempo a questa parte."

"Buono a sapersi, ma io non ti ho rubato niente... ho fatto tutto secondo le regole," disse sorridendo. Fece una pausa e strinse gli occhi. "Oh, bene, non mi interrompere di nuo..."

"Questo non posso prometterrtelo.

Mi colpì sulla spalla e io le diedi un bacio sul naso.

"Me lo lasci dire, ora?"

Annuii.

"Anche io ti amo, scemo," riuscì a dire, ridacchiando. "E se riuscissi a ottenere l'affidamento di Kadee – Fiona conosce le persone giuste... allora potresti restare qui. Con me. Su questa strada... e magari venire a vivere con me? Dopotutto, casa mia è molto più grande della tua."

"Ah, sì? Se ci mettiamo a confrontare le misure... le cose diventano personali," risposi con un sorriso. "Quindi... nuovo piano?"

"Uno che facciamo insieme?"

"Sembra promettente," dissi abbracciandola. "Pensi sia possibile?"

"Con te tutto è possibile."

EPILOGO

Georgie

È incredibile come due mesi possano completamente stravolgerti la vita.

Eravamo in piena estate e ci stavamo crogiolando nel nostro amore e nella nostra decisione di restare insieme.

Derek mi passò di fianco per l'ennesima volta e io gli feci la linguaccia invece di far finta di fargli lo sgambetto in mezzo alla strada. Forse non avrebbe visto gli scatoloni e sarebbe caduto lo stesso. Il trasloco era già di per sé un'attività piuttosto stressante, non c'era bisogno di creare altro scompiglio, come ad esempio una visita all'ospedale per un polso rotto. Ma ciò non ci impedì di tirar fuori le solite buffonate, o di rubarci dei baci ogni volta che sbattevamo l'uno contro l'altro mentre entravamo e uscivamo dalle porte. Ci muovevamo alla velocità della luce, come se non vedessimo l'ora di vedere ogni scatolone al suo posto.

Ma non ci stavamo trasferendo chissà dove.

Derek era riuscito a vendere la propria casa a un ottimo prezzo. Ovviamente, io feci la mia parte, aggiungendo il mio tocco da designer per aiutarlo a incrementare il prezzo di vendita e, nel giro di una settimana, aveva ricevuto un'offerta e io ero stata assunta da Barbara, la moglie di Edgar, per decorare le case.

Eravamo una squadra fenomenale, una combinazione inarrestabile di abilità pratiche ed artistiche. Tutti e tre.

"Qui, Georgie!" gridò Kadee aspettandomi sulla soglia della porta con un sorriso più grande della scatola che aveva tra le mani.

"Oh, sembra pesante. Perché tu non porti quello? A questo ci penso io."

Kadee sbuffò e annuì verso di me con un gesto serio e determinato.

Grazie all'aiuto dell'avvocato amico di Fiona, ottenere la custodia di Kadee era stato incredibilmente veloce. Ma più che altro dovevamo ringraziare il fatto che Karen avesse scoperto che Brian la tradiva, e che lei ora in mente aveva un'unica idea: Hollywood. Karen non aveva opposto quasi nessuna resistenza, soprattutto grazie a Kadee che non faceva altro che chiederle di andare a "casa" dal suo papà per il fine settimana. E poi, ora la sua unica preoccupazione era la sua carriera di attrice – anche se non sembrava ce ne fosse una in arrivo.

Per fortuna Kadee non sembrava accusare per niente il colpo di tutto questo turbinio nella sua vita. E, prima del verdetto del giudice, non avevo potuto non sentirmi in colpa vedendo questa creatura che era costretta a fare avanti e indietro per il Paese. Ma ora che era qui, con noi, adorava la sua nuova scuola, si stava facendo un sacco di nuovi amici e, cosa più importante di tutte, si era finalmente riunita ad Herbert.

Da quando era arrivata, quasi due settimane prima, eravamo diventati un trio irreparabile. Ricordavo a malapena com'era la mia vita prima di loro. Eravamo diventati la paradisiaca famiglia di cui avevo sognato quella sera in cui Derek ci aveva portate fuori a cena.

"Aspetta tu, vieni qui," dissi a Kadee prima che avesse l'opportunità di andare a rimettersi a lavoro. Insisteva nel voler portare tutti i suoi giocattoli da sola. Mi piegai in avanti e la abbracciai. Lei mi accontentò dandomi un bacio sulla guancia. Le sistemai la coda di cavallo e le riagganciai la bretella della sua adorabile tuta da lavoro.

"Abbiamo ancora un sacco di scatoloni."

"Lo so. Ma ce la faremo, non ti preoccupare. Hai già scelto la tua stanza?"

Kadee annuì. "Quella sul retro, così posso vedere il giardino."

Le sorrisi. Sapevo già che avrebbe scelto quella. Davanti alla finestra c'era una seduta perfetta per una bambina come lei. Da lì poteva guardare il mondo esterno, leggere e sognare. Un posto tutto per sé.

"Ottima scelta. Non ti spiace quindi stare di fianco alla camera del bambino?" le chiesi.

La fronte liscia di Kadee si corrucciò mentre elaborava le mie parole. Poi sgranò gli occhi e mi guardò la pancia.

Si sporse in avanti, si portò la mano alla bocca come se ci stessimo condividendo un segreto – e suppongo fosse così – e mi sussurrò all'orecchio: "Georgie, hai un bambino nella pancia?"

Feci come lei e le misi la mano vicino l'orecchio. "Sì." Poi le sorrisi. "Va bene? Vuoi un fratellino o una sorellina?"

Kadee si portò le mani alla bocca e si mise a ridacchiare. "Un fratellino, ti prego."

"Non funziona proprio così, ma farò del mio meglio."

Vidi che aveva ancora dell'altro da dire e aspettai che trovasse il coraggio necessario per farlo. Da quando Kadee era venuta a vivere a Hollow Point, questo era stato un tema ricorrente. Stava ancora cercando di trovare la fiducia in sé stessa, ancora non sapeva se l'avremmo zittita per aver detto quello che pensava, sentendosi come una seccatrice per aver semplicemente fatto una domanda che qualunque bambino intelligente avrebbe fatto. Ma noi non eravamo Karen e Brian, noi volevamo crescere come si deve la nostra preziosissima bambina – non volevamo che avvizzisse come una pianta tenuta al buio, senza luce.

"Georgie, quando arriva il bambino, posso chiamarti anche io mamma?"

Feci non poca fatica per impedire alle mie emozioni di scendermi lungo le guance. L'innocenza della sua domanda mi fece quasi scoppiare il cuore.

"Piccola... se vuoi... non devi aspettare."

"Okay, mamma," disse gettandomi le braccia attorno al collo. La strinsi a me, dicendomi che non dovevo piangere. Era un momento perfetto. Un momento da ricordare e conservare per sempre.

Vidi Derek che ci veniva incontro attraversando il giardino e lo guardai negli occhi. Mi fece l'occhiolino, e i miei occhi si illuminarono, e la mia mente fu attraversato da un pensiero birichino. Sussurrai qualcosa all'orecchio di Kadee.

"Papà, papà! Indovina!"

Derek spostò la scatola da un lato e prese in braccio Kadee. "Cosa? Che state confabulando voi due?"

Kadee, incapace di serbare quel segreto per anche solo un altro istante, curvò mano attorno all'orecchio di Derek. Mi alzai in piedi e restai lì sul portico studiando il suo volto.

Proprio come era successo con Kadee, anche gli occhi di

Derek si illuminarono. E allora si dimenticò della scatola e, con Kadee tra le sue braccia, mi venne incontro con un sorriso cauto.

"È vero, Georgie?" mi sussurrò spalancando la bocca.

"Ma papà, certo che è vero. La mamma non mente mai."

Un Derek scioccato guardò prima Kadee e poi me, come improvvisamente travolto da due informazioni allo stesso tempo. Si era chiesto quando Kadee fosse riuscita ad accettarmi come sua nuova matrigna, ma io gli avevo detto che era decisamente troppo presto. Eppure, la nostra Kadee era sempre piena di sorprese.

"Georgie?" ripeté Derek, e io non riuscii più a trattenermi.

Mi avvicinai a loro e li abbracciai. "Sono incinta. Meno male che abbiamo una stanza in più, eh?"

"Beh, tanti saluti al mio ufficio," rispose lui, ancora scioccato, con gli occhi che gli scintillavano.

"Tu sei un tuttofare, no? Sono sicuro che puoi costruirti qualcosa... non sei contento?"

"Contento è un eufemismo. È il miglior giorno della mia vita. Non riesco a crederci. Sarò di nuovo papà. Ah, ragazze mie, quanto vi amo."

Annuii e gli diedi un bacio.

Le settimane precedenti all'arrivo di Kadee erano state a dir poco memorabili. Avevamo esplorato, intimamente, ogni singola stanza della casa. Era difficile sapere se Derek ed io avessimo passato più tempo a lavorare alla casa o a cementificare la nostra relazione. Era diventata indistruttibile.

Restammo lì per un altro istante, Kadee sempre in braccio a Derek, che mi stringeva per mano. Guardammo la casa dei nostri sogni che si stava riempiendo così velocemente, con amore, con nuovi inizi.

Aveva ancora bisogno di qualche ritocco, ma eravamo

sulla strada giusta: sarebbe stata perfetta. Ripensando ora al giorno in cui ero arrivata in Chestnut Grove e avevo incontrato gli amori della mia vita, sembrava strano anche solo immaginare che tutto potesse cambiare così drasticamente. Come, grazie a loro, avessi finalmente trovato uno scopo, un posto dove vivere.

Era bellissimo essere a casa.

LIBRI DI JESSA JAMES

Cattivi Ragazzi Miliardari

La sua segretaria vergine

Fammi tremare

Brutalmente Sbattuta

Papino

Cattivi Ragazzi Miliardari - La serie completa

Il Patto delle Vergini

Il Professore e la Vergine

La Sua Tata Vergine

La Sua Sporca Vergine

Club V

Lasciati andare

Lasciati domare

Lasciati scoprire

Fidanzati per finta

Implorami

Come amare un cowboy

Come tenersi un cowboy

Una vacanza per sempre

Pessimo atteggiamento

Pessima reputazione

Ancora un altro bacio

ALSO BY JESSE JAMES (ENGLISH)

Bad Boy Billionaires

Lip Service

Rock Me

Lumber Jacked

Baby Daddy

Billionaire Box Set 1-4

The Virgin Pact

The Teacher and the Virgin

His Virgin Nanny

His Dirty Virgin

Club V

Unravel

Undone

Uncover

Cowboy Romance

How To Love A Cowboy

How To Hold A Cowboy

Beg Me

Valentine Ever After

Covet/Crave

Kiss Me Again

Handy

Bad Behavior

Bad Reputation

Dr. Hottie

L'AUTORE

Jessa James è cresciuta negli Stati Uniti, sulla costa orientale, ma è sempre stata affetta da una grande voglia di viaggiare.

Ha vissuto in sei stati, ha svolto tanti lavori ma è sempre tornata dal suo primo vero amore – la scrittura. Lavora a tempo pieno come scrittrice, mangia troppa cioccolata fondente, ha una dipendenza da caffè freddo e patatine Cheetos, e non ne ha mai abbastanza di maschi Alpha e sexy che sanno esattamente cosa vogliono – e non hanno paura di dirlo. Uomini dominanti, Alpha da amore a prima vista, sono i protagonisti delle storie che ama leggere (e scrivere).

Iscriviti QUI per la Newsletter di Jessa:
https://bit.ly/2xIsS7Q

www.ingramcontent.com/pod-product-compliance
Lightning Source LLC
LaVergne TN
LVHW011833060526
838200LV00053B/3992